STS

山田社

學會音標的 KK

第一本書

著者 里昂

Kenyon and Knott

—— 開始就把發音練到像母語 ——

CD版

山田社

●別死背啦！10倍音標神速記憶法，可以舉一反十！
●真人嘴型＋嘴裡透視圖＝嘴巴發音清楚，KK音標就好記！
●搞笑插畫聯想發音，把短期記憶快速植入長期記憶！
●發音不準？41首繞口令，讓您吐字清晰、口齒伶俐！
●口說基礎「相似發音」這樣練！讓你擁有自信說英語！
●搭配單字及例句，強化印象並提供不同語境下的發音！
●朗讀CD＋書本，把發音練到像母語！

從既實用又有趣的環境中學發音、學音標、學單字、學例句，一網打盡！每天花幾分鐘，進步看得到！本書特色：

▲ 別死背啦！10倍音標神速記憶法，可以舉一反十！

學會1個音標，就能舉一反十，無限暢用！書中利用「10倍速音標記憶網」，例如哪些字母，發音[o]，原來一般是o，也有oa,ow,甚至有ew,oe,ou。只要看看每單元後面的「音標記憶網」，就能一目了然，就像幫記憶打入一劑營養針，讓您快速成為記憶高手！

▲ 搞笑插畫聯想發音，把短期記憶快速植入長期記憶！

書中善用大腦對於圖像記憶的敏感度，利用超搞笑插圖，教您如何利用早就會說的中文來學習KK音標，看過就記得、記住忘不了！把短期記憶快速植入長期記憶！

▲ 真人嘴型＋嘴裡透視圖＝嘴巴發音清楚，英語就好記！

書中為您附上剖面的「嘴裡透視圖」，告訴您舌頭怎麼擺、吐氣怎麼吐…這種基本款之外，每個音標都還附上真人拍攝的「嘴型圖」，讓您裡應外合、從裡到外透視英語發音的「嘴上秘密」！就像老師站在您面前示範，嘴巴發音清楚，英語就好記！

▲ 音不準？41首繞口令，讓您吐字清晰、口齒伶俐！

如何訓練「p」跟「b」的發音不準問題，讓繞口令來幫忙。每個音標都有一句專治各種發音不準的繞口令，內容有趣，多念幾次都不嫌煩。您可以利用剛剛才學會的發音技巧，再試試看進階的繞口令發音，只要多嘗試幾次，便讓您吐字清晰、口齒伶俐！

▲ 搭配單字及例句，強化印象並提供不同語境下的發音！

精選每一個音標最常用也最實用的基礎單字，讓您利用音標學習單字，除了強化印象並提供不同語境下的發音，同時利用單字記憶音標，雙向學習、雙倍效果，效率好得讓您無從挑剔！

▲ 口說基礎「相似發音」這樣練！讓你擁有自信說英語！

「許多發音都好像，我就是分不清！」口說的基礎之一，就是訓練「相似音」。為此，書中特別加入「發音比比看」單元，為您解說相似音之間如何區別，還提供發音小技巧，讓您分得清楚，記得明白！讓你擁有自信說英語！

▲ 朗讀MP3＋書本，把發音練到像母語！

每天給自己幾分鐘，讓耳朵跟嘴巴同時跟上老外發音的水準，本書「朗讀CD」，配合專業外籍教師錄製，讓您在初學階段就習慣正確又優美的發音，並且張開嘴巴大聲跟著老師念，再配合書本，就會讓您把kk音標練到像母語，讓聽力和口說一次升級！

母音

子音

MEMO

母音

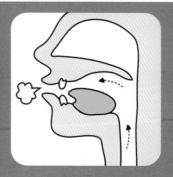

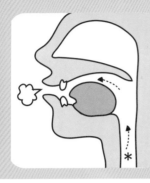

1 [i] 的發音

拍照的時候，雙唇拉開，露出牙齒笑一個。

 ## 怎麼發音呢

[i]的音該怎麼發呢？首先舌頭上升，但是沒有碰到硬顎，留下一條細細的通道。舌頭維持這個姿勢，將嘴唇往兩邊拉，展現迷人的微笑。接著振動聲帶，讓氣流緩緩流出，就可以發出又長又漂亮的[i]囉！

CD

track
1

 ## 邊聽邊練習單字跟句子的發音喔

＜大聲唸出單字喔＞

❶ sea	[si]	海		❹ read	[rid]	閱讀
❷ me	[mi]	我		❺ tea	[ti]	茶
❸ pea	[pi]	豌豆		❻ bee	[bi]	蜜蜂

＜大聲唸出句子喔＞

❶ Sheep eats cheese.
羊吃起士。

❷ We need a key.
我們需要一把鑰匙。

❸ She feeds bees.
她餵蜜蜂。

[i]

比較[i]跟[ɪ]的發音

兩個母音就像是媽媽和小孩，發音非常相似。[i]發音比較長，嘴形比較扁平，而[ɪ]就是[i]的小孩，發音又短又急，可是嘴形相同喔！

CD

track
1

	[i]				[ɪ]	
❶ heat	[hit]	溫度		hit	[hɪt]	打擊
❷ lead	[lid]	領導		lid	[lɪd]	蓋子
❸ feel	[fil]	感覺		fill	[fɪl]	裝滿
❹ Pete	[pit]	彼得		pit	[pɪt]	洞

玩玩嘴上體操

It's a pizza Tim's team's eating.
提姆的隊員吃的是比薩。

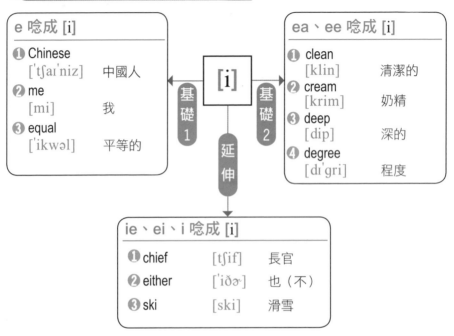

e 唸成 [i]

❶ Chinese
['tʃaɪ'niz]　中國人
❷ me
[mi]　　　我
❸ equal
['ikwəl]　　平等的

ea、ee 唸成 [i]

❶ clean
[klin]　　清潔的
❷ cream
[krim]　　奶精
❸ deep
[dip]　　深的
❹ degree
[dɪ'gri]　程度

[i]

基礎 1　基礎 2　延伸

ie、ei、i 唸成 [i]

❶ chief　　[tʃif]　　長官
❷ either　　['iðɚ]　　也（不）
❸ ski　　　[ski]　　滑雪

1 比較看看

比較看看，將劃線部份發音相同的打勾。

1 ☐ m<u>e</u> / m<u>e</u>n
（我 / 男人）

2 ☐ sh<u>e</u> / th<u>e</u>
（她 / 那個）

3 ☐ m<u>ea</u>t / s<u>ea</u>t
（肉類 / 座位）

4 ☐ l<u>ea</u>d / l<u>ea</u>rn
（領導 / 學習）

5 ☐ p<u>eo</u>ple / pl<u>ea</u>se
（人們 / 請）

6 ☐ w<u>ea</u>k / w<u>ea</u>ther
（柔弱 / 天氣）

7 ☐ st<u>ea</u>l / st<u>i</u>ll
（偷竊 / 仍然）

8 ☐ s<u>ee</u> / s<u>ea</u>
（看見 / 海洋）

答案 3. 5. 8

2 玩玩看

你的身上帶著多少[i]呢？請根據圖中箭頭猜猜看是身體或衣服的哪個
部位。

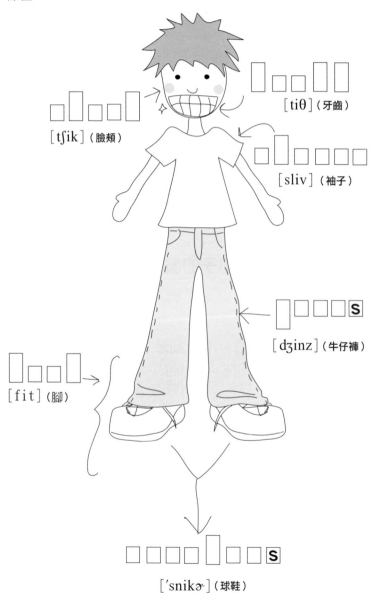

[tiθ]（牙齒）

[tʃik]（臉頰）

[sliv]（袖子）

[dʒinz]（牛仔褲）

[fit]（腳）

[ˈsnikə]（球鞋）

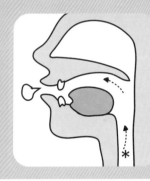

2 [I] 的發音

我兒子考試得第「一」啦！

 怎麼發音呢

CD

track
2

[I]是[i]的偷懶版。首先是舌頭位置比[i]低一點，在[i]與[e]之間，嘴唇往兩邊分開程度比[i]小一點，而且舌頭不用像[i]一樣緊繃，發出比[i]來得短的音。別忘了不只是長短音的分別，舌頭與嘴唇的位置也不同喔！

 邊聽邊練習單字跟句子的發音喔

＜大聲唸出單字喔＞

❶ kid	[kɪd]	小孩		
❷ sit	[sɪt]	坐下		
❸ it	[ɪt]	它		

❹ sick	[sɪk]	生病
❺ pig	[pɪg]	豬
❻ hill	[hɪl]	山丘

＜大聲唸出句子喔＞

❶ Billy picks a wig.
　　　　　　　比利撿起一頂假髮。

❷ It will win.
　　　　　　　它將取得勝利。

❸ The kid is sick.
　　　　　　　那孩子病了。

[ɪ]

比較[ɪ]跟[ε]的發音

在發這兩個母音時，會發現兩者發音位置很像，只是在發[ε]的時候要把嘴巴張比較大一點喔。請試試看先發一個[ɪ]，再把嘴巴微微張開，就發出[ε]這個音了！

CD

track
2

	[ɪ]			[ε]	
❶ pit	[pɪt]	坑	pet	[pεt]	寵物
❷ bit	[bɪt]	一點	bet	[bεt]	打賭
❸ chick	[tʃɪk]	小雞	check	[tʃεk]	檢查
❹ sill	[sɪl]	窗台	sell	[sεl]	賣

玩玩嘴上體操

It fits, Miss Fitz.
費芝小姐，那很適合你。

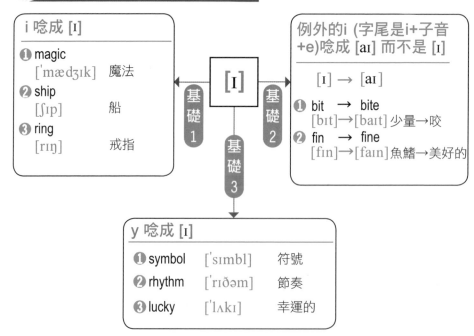

i 唸成 [ɪ]

❶ magic
['mædʒɪk]   魔法
❷ ship
[ʃɪp]   船
❸ ring
[rɪŋ]   戒指

例外的i (字尾是i+子音+e)唸成 [aɪ] 而不是 [ɪ]

[ɪ] → [aɪ]

❶ bit → bite
[bɪt]→[baɪt] 少量→咬
❷ fin → fine
[fɪn]→[faɪn]魚鰭→美好的

基礎1   [ɪ]   基礎2

基礎3

y 唸成 [ɪ]

❶ symbol   ['sɪmbl]   符號
❷ rhythm   ['rɪðəm]   節奏
❸ lucky   ['lʌkɪ]   幸運的

1 唸唸看

唸唸看，請將與題目發音相同的選出來。

1 ___ will   ①well   ②feel   ③kill   ④deal
2 ___ kiss   ①miss   ②nice   ③mice   ④rice
3 ___ live   ①five   ②leave   ③knife   ④lip
4 ___ this   ①thirsty   ②thing   ③third   ④three
5 ___ is   ①ice   ②island   ③ill   ④idea

答案1.③ 2.① 3.④ 4.② 5.③

2 玩玩看

動物園裡的動物通通跑出來了，管理員想請你幫幫忙，希望你把帶有母音[ɪ]的動物趕進柵欄裡。

monkey

peacock

chicken

eagle

deer

rabbit

sheep

pig

[ɪ]

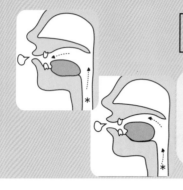

3 [e] 的發音

ABCD的A啦！

 怎麼發音呢

將舌頭往前延伸，位置在[i]與[a]之間，不高也不低，嘴唇往兩邊拉，發出一個長長的[e]。在英語中[e]的發音，舌頭會從原來的位置，緩緩的往上滑向[ɪ]的位置，所以是以[ɪ]作為結尾，這樣才是漂亮的[e]喔！

 邊聽邊練習單字跟句子的發音喔

＜大聲唸出單字喔＞

❶ cake   [kek]   蛋糕
❷ late   [let]   遲到
❸ mail   [mel]   郵件
❹ nail   [nel]   指甲
❺ stay   [ste]   停留
❻ great   [gret]   很棒

＜大聲唸出句子喔＞

❶ Hey, wait!
喂，等等。
❷ They make cake.
他們做蛋糕。
❸ The rain in Spain remains the same.
西班牙的雨還是老樣子。

[e]　　　　　　　　　　　　　　　　[ɪ]

 ## 比較[e]跟[ɛ]的發音

這一組母音也是長短音的關係，把[e]發得短一點就是[ɛ]啦。請試試看
發出一個短音[ɛ]，再把發音的時間拉長，嘴形縮小一點，是不是就變成
了長音的[e]了呢！

CD

track
3

	[e]				[ɛ]	
❶	late	[let]	遲了	let	[lɛt]	讓
❷	gate	[get]	門	get	[gɛt]	得到
❸	pain	[pen]	疼痛	pen	[pɛn]	原子筆
❹	wait	[wet]	等待	wet	[wɛt]	濕

 ## 玩玩嘴上體操

Rain, rain, go away,
Come again another day;
Little Johnny wants to play.

大雨大雨不要下，
可不可以改天下，
小強尼想出去玩呀。

15

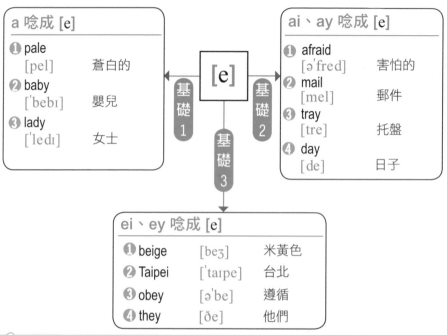

a 唸成 [e]

❶ pale
　[pel]　　蒼白的
❷ baby
　[ˈbebɪ]　嬰兒
❸ lady
　[ˈledɪ]　女士

ai、ay 唸成 [e]

❶ afraid
　[əˈfred]　害怕的
❷ mail
　[mel]　　郵件
❸ tray
　[tre]　　托盤
❹ day
　[de]　　日子

[e]

基礎1　基礎2　基礎3

ei、ey 唸成 [e]

❶ beige　　[beʒ]　　米黃色
❷ Taipei　　[ˈtaɪpe]　台北
❸ obey　　[əˈbe]　　遵循
❹ they　　[ðe]　　　他們

---

 1 唸唸看

唸唸看，並將畫線地方發音不同的圈起來。

1 c<u>a</u>ke f<u>a</u>ke d<u>a</u>te g<u>a</u>te f<u>a</u>t

2 n<u>a</u>me s<u>a</u>me <u>a</u>m c<u>a</u>me g<u>a</u>me

3 afr<u>ai</u>d ag<u>ai</u>n rem<u>ai</u>n cert<u>ai</u>n reg<u>ai</u>n

4 th<u>ey</u> s<u>ay</u> gr<u>ay</u> aw<u>ay</u> k<u>ey</u>

5 <u>ea</u>t <u>ea</u>ger st<u>ea</u>k f<u>ea</u>r m<u>ea</u>t

答案1.fat 2.am 3.certain 4.key 5.steak

2 玩玩看

經過工廠四個加工步驟，正確挑選出單字的四個字母之後，所有的單字都有 [e] 了呢！換你拼拼看喔！

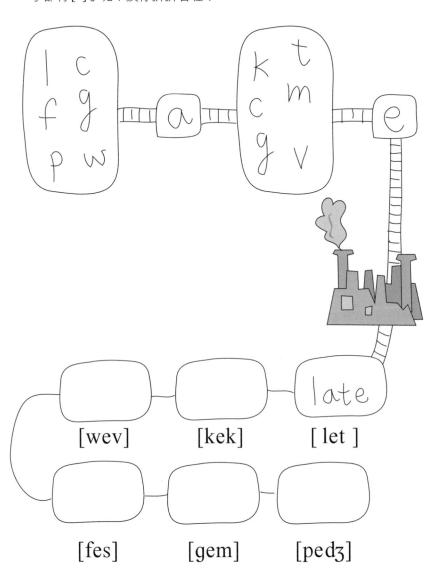

[wev]　　　　[kek]　　　　[let]

[fes]　　　　[gem]　　　　[pedʒ]

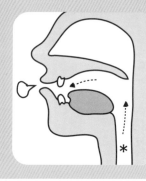

4 [ɛ]的發音

哇！這床很棒
「耶」！

 怎麼發音呢

[ɛ]的發音部位很接近[e]。首先舌頭往前延伸，位置比[e]低一點，卻又比[æ]高一些。嘴唇自然微張，比[ɪ]大一點。接著振動聲帶，輕鬆發出比[e]短一點的音，聽起來很像中文的「ㄝ」。

 邊聽邊練習單字跟句子的發音喔

＜大聲唸出單字喔＞

❶ head   [hɛd]   頭   ❹ sell   [sɛl]   賣
❷ men   [mɛn]   男人   ❺ egg   [ɛg]   雞蛋
❸ best   [bɛst]   最好的   ❻ enter   [ˈɛntɚ]   進入

＜大聲唸出句子喔＞

❶ Let's get some rests.
　　　　　　　我們休息一下吧。

❷ The red desk has four legs.
　　　　　　　紅書桌有四支腳。

❸ The vet said the pet is in bed.
　　　　　　　獸醫說那隻寵物已經睡了。

[ɛ]

 ## 比較[ɛ]跟[æ]的發音

請試試看先發一個[ɛ]，再慢慢地把嘴巴張大拉長，同時舌頭也要用力壓低，這樣就可以發出[æ]了喔！

CD

track
4

	[ɛ]			[æ]	
❶ pet	[pɛt]	寵物	pat	[pæt]	輕拍
❷ leg	[lɛg]	腿	lag	[læg]	落後
❸ pest	[pɛst]	害蟲	past	[pæst]	過去
❹ said	[sɛd]	說	sad	[sæd]	悲傷

 ## 玩玩嘴上體操

Fred fed Ted bread, and Ted fed Fred bread.
弗德餵泰德麵包，泰德餵弗德麵包。

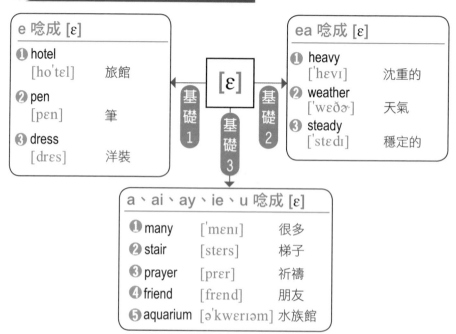

e 唸成 [ε]

❶ hotel
   [hoˈtεl]　　旅館
❷ pen
   [pεn]　　筆
❸ dress
   [drεs]　　洋裝

ea 唸成 [ε]

❶ heavy
   [ˈhεvɪ]　　沈重的
❷ weather
   [ˈwεðɚ]　　天氣
❸ steady
   [ˈstεdɪ]　　穩定的

[ε]

基礎1　基礎2　基礎3

a、ai、ay、ie、u 唸成 [ε]

❶ many 　　[ˈmεnɪ]　　很多
❷ stair 　　[stεrs]　　梯子
❸ prayer 　[prεr]　　祈禱
❹ friend 　[frεnd]　　朋友
❺ aquarium [əˈkwεrɪəm] 水族館

1 唸唸看

唸唸看，再將與題目發音不同的選出來。

1 ☐ b<u>e</u>t 　①p<u>e</u>t 　　②n<u>e</u>t 　　③g<u>e</u>t 　　④b<u>ea</u>t

2 ☐ gu<u>e</u>ss ①qu<u>e</u>stion ②qu<u>ee</u>n 　③gu<u>e</u>st 　④qu<u>e</u>st

3 ☐ l<u>e</u>ft 　①h<u>e</u>lp 　　②t<u>e</u>st 　　③n<u>e</u>xt 　　④th<u>e</u>re

4 ☐ w<u>ea</u>r 　①h<u>ea</u>r 　　②f<u>ea</u>ther ③h<u>ea</u>ven ④p<u>ea</u>r

5 ☐ <u>e</u>nter 　①<u>E</u>nglish ②<u>e</u>mpty 　③<u>e</u>nd 　　④<u>e</u>very

答案1.④ 2.② 3.④ 4.① 5.①

下面這個房間裡擺滿了各式各樣的家具，都跟母音[ε]有關喔！請找出
圖中七項家具，將它們的名字填在空格裡。

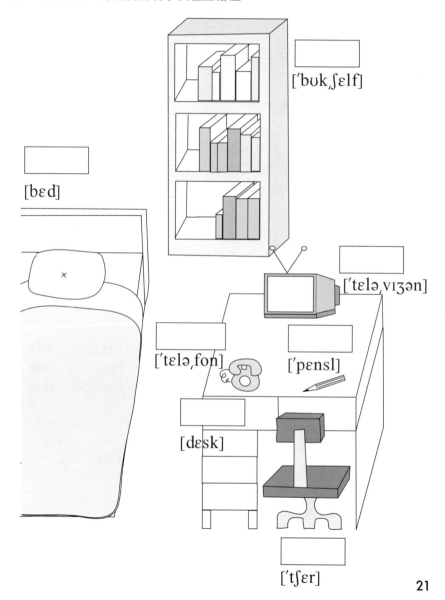

['bʊkˌʃɛlf]

[bɛd]

['tɛləˌvɪʒən]

['tɛləˌfon]

['pɛnsl]

[dɛsk]

['tʃɛr]

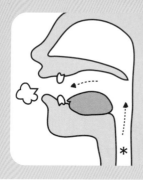

5 [æ] 的發音

嘴巴上下、左右大大張開喔「ㄟ」！

 怎麼發音呢

長得很像蝴蝶的[æ]，發音很容易跟[ɛ]搞混喔！先發出[ɛ]的音，再調整嘴形，上下開口大一點。舌頭從[ɛ]的位置往下移。接著舌頭稍微用力，才能發出與[ɛ]不同的蝴蝶音喔！

CD

track
5

 邊聽邊練習單字跟句子的發音喔

＜大聲唸出單字喔＞

❶ cat　　[kæt]　　貓
❷ ax　　　[æks]　　斧頭
❸ ant　　[ænt]　　螞蟻

❹ rat　　[ræt]　　老鼠
❺ bat　　[bæt]　　球棒
❻ sand　[sænd]　　沙子

＜大聲唸出句子喔＞

❶ Cats catch rats.
　　　　　貓捉老鼠。
❷ My dad is mad.
　　　　　我爸爸在生氣。
❸ Jack asks Mathew to fax him.
　　　　　傑克要求馬修傳真給他。

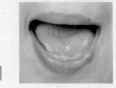

[æ]

 ## 比較[æ]跟[ʌ]的發音

[æ]是個力量很強大的母音，發音時需要嘴角和舌頭都用力，相對的[ʌ]不需要太用力。請試著比較下面四組發音，感受一下在發這兩個母音時所需要力量的不同。

CD

track
5

	[æ]				[ʌ]	
❶	bat	[bæt]	球棒	but	[bʌt]	但是
❷	cap	[kæp]	棒球帽	cup	[kʌp]	杯子
❸	fan	[fæn]	歌迷	fun	[fʌn]	有趣
❹	apple	[ˈæpl]	蘋果	couple	[ˈkʌpl]	一雙

 ## 玩玩嘴上體操

Fat frogs fly past fast and the last exactly lapses into a gap at last.

胖青蛙一隻隻很快地飛過去，結果最後一隻正巧掉進縫裡。

10倍速音標記憶網——哪些字母或字母組合唸成[æ]

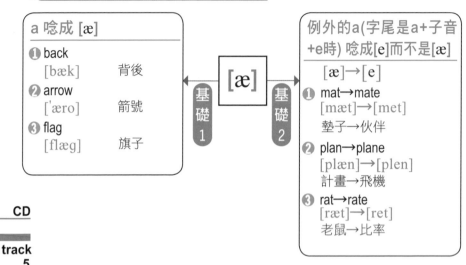

a 唸成 [æ]

❶ back
　[bæk]　　背後
❷ arrow
　['æro]　　箭號
❸ flag
　[flæg]　　旗子

基礎1　[æ]　基礎2

例外的a(字尾是a+子音+e時) 唸成[e]而不是[æ]

[æ]→[e]

❶ mat→mate
　[mæt]→[met]
　墊子→伙伴
❷ plan→plane
　[plæn]→[plen]
　計畫→飛機
❸ rat→rate
　[ræt]→[ret]
　老鼠→比率

CD

track
5

---

1 聽聽看

聽聽看，把聽到的單字圈出來。

1. bat / bet　　（球棒 / 打賭）
2. land / lend　（土地 / 借出）
3. tap / tip　　（輕拍 / 訣竅）
4. dad / dead　（爸爸 / 死亡）
5. face / fast　（臉孔 / 快速）

6. mask / make　（面具 / 使得）
7. past / pace　（過去 / 步伐）
8. last / late　　（最後 / 遲的）
9. Sam / same　（山姆 / 相同）
10. task / taste　（工作 / 嚐）

答案1.bat 2.land 3.tip 4.dad 5.fast 6.make
7.past 8.last 9.same 10.task

2 玩玩看

字母 a [æ]遲到了，但是每個單字只有一個地方願意讓字母 a [æ]插隊，
字母 a [æ]要找自己的正確座位，這樣才能拼出正確的單字。

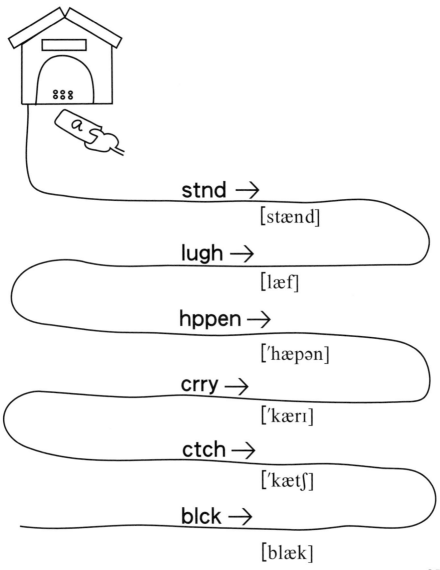

stnd → [stænd]

lugh → [læf]

hppen → [ˈhæpən]

crry → [ˈkærɪ]

ctch → [ˈkætʃ]

blck → [blæk]

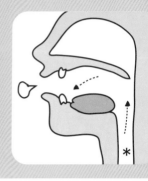

6 [ɑ] 的發音

坐在牙醫的椅子上，嘴巴張大大的「啊」。

 怎麼發音呢

[ɑ]就像是看牙醫時，醫生叫你把嘴巴張開，「阿～」。舌頭的位置最低，但不只是平放，後半部要微微上升。嘴巴大大張開，比[æ]還要大。舌頭不用像[æ]一樣用力，輕鬆發出[ɑ]的音就可以了。

CD

track
6

 邊聽邊練習單字跟句子的發音喔

<大聲唸出單字喔>

❶	top	[tɑp]	頂端	❹	socks	[sɑks]	襪子
❷	shop	[ʃɑp]	商店	❺	knock	[nɑk]	敲
❸	hot	[hɑt]	熱	❻	box	[bɑks]	箱子

<大聲唸出句子喔>

❶ The pot is hot.

　　　　那個水壺很燙。

❷ The frog is calm in the pond.

　　　　　青蛙安安靜靜待在池塘裡。

❸ Her column is on the top of this page.

　　　　　她的專欄在這頁的最上面。

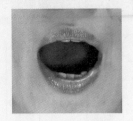

[ɑ]

 比較[ɑ]跟[ɑr]的發音

[ɑr]就是在[ɑ]後面多加上一個捲舌音,請比較下面各組發音,感受一下
多了[r]和少了[r]的發音有什麼不同。

		[ɑ]				[ɑr]	
❶	father	[ˈfɑðɚ]	父親	farther	[ˈfɑrðɚ]	更遠
❷	lodge	[lɑdʒ]	房子	large	[lɑrdʒ]	廣闊
❸	pot	[pɑt]	壺	part	[pɑrt]	一部份
❹	stop	[stɑp]	停止	start	[stɑrt]	開始

 玩玩嘴上體操

**If one doctor doctors another
doctor, does the doctor
who doctors the doctor doctor
the doctor the way the
doctor he is doctoring doctors?**

如果有個醫生醫治另一個醫生,那麼醫
治這個醫生的醫生會不會以醫治其他醫
生的醫法來醫治這個醫生?

10倍速音標記憶網——**哪些字母或字母組合唸成[ɑ]**

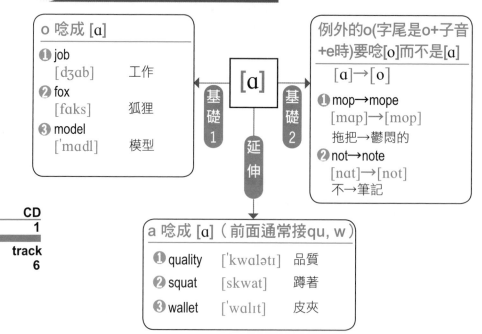

o 唸成 [ɑ]

❶ job
[dʒɑb]　　工作
❷ fox
[fɑks]　　狐狸
❸ model
['mɑdl]　　模型

[ɑ]

基礎 1

延伸

基礎 2

例外的o(字尾是o+子音+e時)要唸[o]而不是[ɑ]

[ɑ]→[o]

❶ mop→mope
[mɑp]→[mop]
拖把→鬱悶的
❷ not→note
[nɑt]→[not]
不→筆記

a 唸成 [ɑ]（前面通常接qu, w）

❶ quality　['kwɑlətɪ]　品質
❷ squat　　[skwɑt]　　蹲著
❸ wallet　　['wɑlɪt]　　皮夾

CD
1

track
6

 1 聽聽看

聽聽看，把聽到的單字圈起來。

1 dull / doll
　　（沉悶的 / 洋娃娃）

2 collar / color
　　（領子 / 顏色）

3 shut / shop
　　（關閉 / 店家）

4 block / blood
　　（街區 / 血液）

5 cop / cup
　　（警察 / 杯子）

6 look / lock
　　（看著 / 鎖上）

7 box / bus
　　（箱子 / 公車）

8 father / mother
　　（父親 / 母親）

答案1.doll 2.color 3.shop 4.blood 5.cop 6.lock 7.bus 8. mother

2 玩玩看

下面插圖的英文單字藏在哪裡呢？找找看，一個個圈出來，並寫在合適的圖案。

s	h	o	p	b	d	e	c	f	i
m	l	p	r	o	k	o	h	r	s
b	d	i	g	m	u	s	i	e	o
o	d	o	c	t	o	r	f	t	c
b	e	w	m	s	o	p	v	b	c
o	o	a	b	o	x	z	g	l	e
t	t	t	s	e	u	b	v	h	r
t	d	c	m	c	l	o	c	k	w
l	p	h	f	j	k	o	y	v	z
e	e	t	d	o	l	l	a	r	d

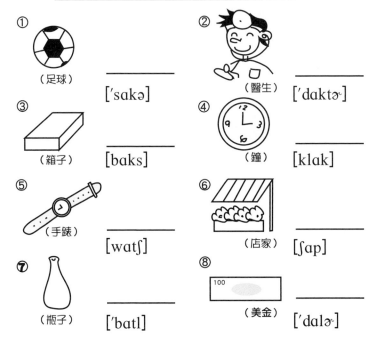

① （足球） —— ['sakə]

② （醫生） —— ['daktɚ]

③ （箱子） —— [baks]

④ （鐘） —— [klak]

⑤ （手錶） —— [watʃ]

⑥ （店家） —— [ʃap]

⑦ （瓶子） —— ['batl]

⑧ （美金） —— ['dalɚ]

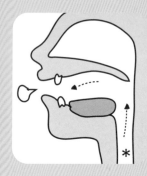

7 [ɔ]的發音

嘴巴裡面好像有一個黑洞窟！

 怎麼發音呢

看看[ɔ]的長相是不是很像開了口的[o]啊？沒錯，[ɔ]的嘴形就像打開的[o]，比[o]大一點，舌頭的後半部雖然上升，但是位置比[o]還要低。[ɔ]跟[o]的嘴形跟舌頭位置是不一樣的喔！

 邊聽邊練習單字跟句子的發音喔

<大聲唸出單字喔>

❶ fault	[fɔlt]	錯		❹ call	[kɔl]	叫
❷ naughty	[ˈnɔtɪ]	調皮		❺ bald	[bɔld]	禿頭
❸ law	[lɔ]	法律		❻ cost	[kɔst]	花費

<大聲唸出句子喔>

❶ Let's play seesaw.
　　　　　　　我們來玩翹翹板吧！

❷ Paul is wrong.
　　　　　　　保羅錯了。

❸ The tall girl saw some fog.
　　　　　　　高個子的女孩看到一些霧。

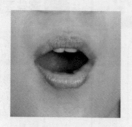

[ɔ]

 ## 比較[ɔ]跟[ɑ]的發音

[ɔ]的嘴形比[ɑ]還小，舌頭比較放鬆，送氣時有點向內縮，在尾端忽然停住的感覺，不像[ɑ]那樣將氣完全的送出口。

CD

track 7

	[ɔ]			[ɑ]	
❶ hall	[hɔl]	大廳	hot	[hɑt]	熱
❷ cause	[ˈkɔz]	原因	cop	[kɑp]	警察
❸ lost	[lɔst]	遺失	lot	[lɑt]	籤
❹ dog	[dɔg]	狗	dot	[dɑt]	點

 ## 玩玩嘴上體操

Offer a proper cup of coffee in a proper coffee cup.
適當的咖啡杯提供適當的咖啡。

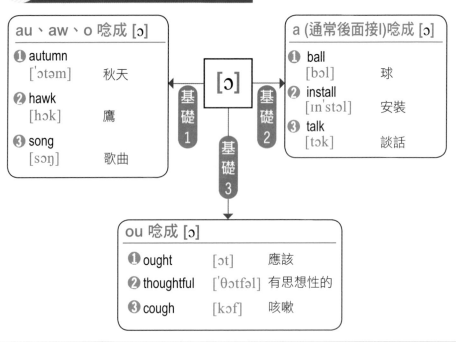

10倍速音標記憶網──哪些字母或字母組合唸成[ɔ]

au、aw、o 唸成 [ɔ]

❶ autumn
[ˈɔtəm]　秋天

❷ hawk
[hɔk]　鷹

❸ song
[sɔŋ]　歌曲

[ɔ]

基礎1　基礎2　基礎3

a (通常後面接l)唸成 [ɔ]

❶ ball
[bɔl]　球

❷ install
[ɪnˈstɔl]　安裝

❸ talk
[tɔk]　談話

ou 唸成 [ɔ]

❶ ought　[ɔt]　應該

❷ thoughtful　[ˈθɔtfəl]　有思想性的

❸ cough　[kɔf]　咳嗽

---

 1 填填看

唸唸看，找出母音發音、拼法跟格子裡一樣的單字，並填進去。小心！有些單字沒有空格可以對應喔！

coffee　saw　daughter　store　wrong　sport　problem
strong　office　talk　autumn　baseball　also
water　November　morning　dog　often　draw　sorry

1.call	
2.boss	
3.cause	
4.law	

答案1.talk; baseball; also; water 2.coffee; store; wrong; sport; strong; office; morning; dog; often; sorry 3.daughter; a utumn 4.saw; draw

2 玩玩看

小孩迷路了，請順著單字正確的母音音標，就可以替小男孩找到媽媽了！

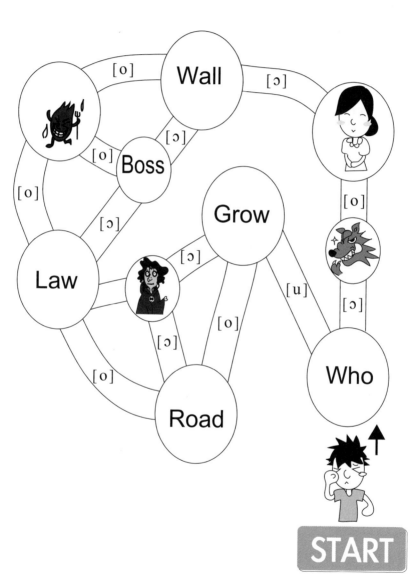

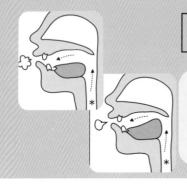

8 [o] 的發音

看到貓抓老鼠的一瞬間，發出一聲「喔」！

ㄨ！！

 怎麼發音呢

音標[o]跟字母O的外型很像，發音時嘴唇成O型，開口比吹蠟燭的[u]大一點。舌頭的後半部往後往上升，位置比[u]低一點。在英語中，長音[o]的發音部位通常會緩緩滑向[u]！

CD

track
8

 邊聽邊練習單字跟句子的發音喔

＜大聲唸出單字喔＞

❶ coat　　[kot]　　大衣
❷ goat　　[got]　　山羊
❸ note　　[not]　　筆記
❹ vote　　[vot]　　投票
❺ sold　　[sold]　　賣
❻ slow　　[slo]　　慢的

＜大聲唸出句子喔＞

❶ The notebook is sold.
　　　　　　這台筆記型電腦已經賣出。
❷ The stone rolled to the road.
　　　　　　石頭滾到道路上。
❸ Please turn off the oven.
　　　　　　請關掉瓦斯爐。

[o]

[u]

 ## 比較[o]跟[ɔ]的發音

[o]的嘴形用力縮成一個小圓形,發音比較長,送氣也比較完全。而[ɔ]的嘴形張得比較大,嘴角也比較放鬆,發音較短促,送氣較不完全,有種突然停止的感覺。

CD

track
8

	[o]				[ɔ]	
❶ cold	[kold]	冷		call	[kɔl]	叫
❷ told	[told]	告訴		tall	[tɔl]	高
❸ fold	[fold]	折疊		fall	[fɔl]	秋天
❹ boat	[bot]	船		ball	[bɔl]	球

 ## 玩玩嘴上體操

**Old oily Ollie oils old
oily autos.**
又老又油腔滑調的歐力,給又
舊又油的汽車加油。

10倍速音標記憶網——哪些字母或字母組合唸成[o]

o 唸成 [o]

❶ both
　　[boθ]　　　兩者都…
❷ local
　　['lokl]　　本地
❸ mango
　　['mæŋgo]　芒果

oa、ow 唸成 [o]

❶ oak
　　[ok]　　　橡木
❷ loaf
　　[lof]　　（一條或一塊）麵包
❸ narrow
　　['næro]　　窄的
❹ own
　　[on]　　　擁有

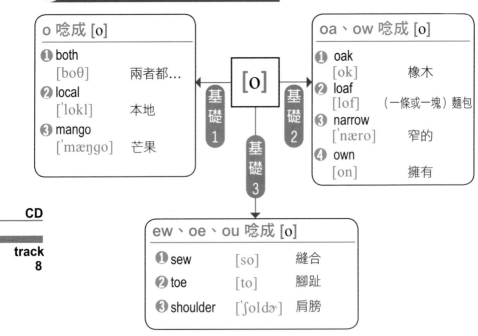

基礎 1
[o]
基礎 2
基礎 3

ew、oe、ou 唸成 [o]

❶ sew　　　[so]　　　縫合
❷ toe　　　[to]　　　腳趾
❸ shoulder　['ʃoldɚ]　肩膀

1 聽聽看

聽聽看，將唸到的單字圈起來。

1 hope / hop （希望 / 跳躍）

2 low / law （低的 / 法律）

3 boat / bought （船隻 / 買）

4 rope / rod （繩子 / 棍子）

5 lose / rose （失去 / 玫瑰）

6 clause / clothe（子句 / 穿衣）

7 born / bone （生育 / 骨頭）

8 cost / coast （花費 / 海岸）

9 almost / also （幾乎 / 也）

10 know / not （知道 / 不）

答案1.hope 2.low 3.bought 4.rope 5.rose 6.clothe 7.bone 8.cost
　　9.also 10.know

2 玩玩看

下列單字雖然發音都是[o]，但是拼法卻大不相同呢，請根據音標發音寫出正確的單字。

1. [pɪˈano]

2. [rod]

3. [sʌnˈflaʊɚ]

4. [for]

5. [renbo]

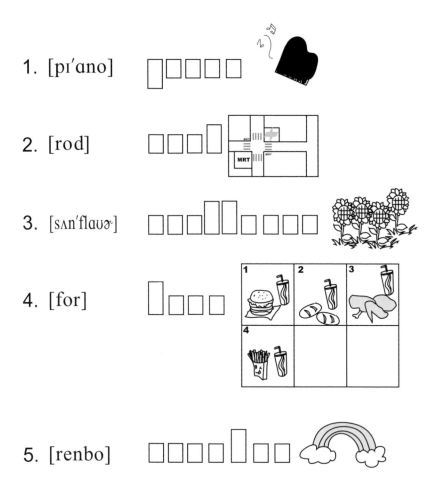

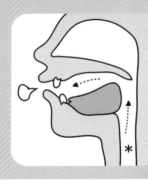

9 [ʊ] 的發音

嘴唇圓圓的向前凸
出，book的oo。

 怎麼發音呢

[ʊ]跟[u]不只長得很像，發音方式也很類似。首先[ʊ]的嘴形比[u]大一點，舌頭後半部上升，嘴唇與舌頭放鬆，振動聲帶，就可以輕鬆發出一個短音的[ʊ]了。

CD

track
9

 邊聽邊練習單字跟句子的發音喔

＜大聲唸出單字喔＞

❶ pudding	[ˈpʊdɪŋ]	布丁	❹ wool	[wʊl]	羊毛
❷ put	[pʊt]	放置	❺ look	[lʊk]	看
❸ pull	[pʊl]	拉	❻ would	[wʊd]	將會

＜大聲唸出句子喔＞

❶ Little red riding hood put puddings in the woods.
小紅帽把布丁放在樹林裡。

❷ He looked at his foot.
他看著自己的腳。

❸ I could cook some food.
我可以煮些食物。

[ʊ]

比較 [ʊ] 跟 [o] 的發音

[ʊ]和[o]比較起來，發音較短促、送氣比較不完全，有種發音到最後時
忽然停止送氣的感覺、嘴形比較扁、舌頭的位置比較高。

CD

track
9

	[ʊ]			[o]	
❶ good	[gʊd]	好	gold	[gold]	黃金
❷ could	[kʊd]	可以	cold	[kold]	冷
❸ book	[bʊk]	書	boat	[bot]	船
❹ foot	[fʊt]	腳	fold	[fold]	折疊

玩玩嘴上體操

**How much wood would a woodchuck chuck
if a woodchuck could chuck wood?**
如果土撥鼠會撥弄木頭，那土撥鼠會撥弄多少木頭？

10倍速音標記憶網——哪些字母或字母組合唸成 [ʊ]

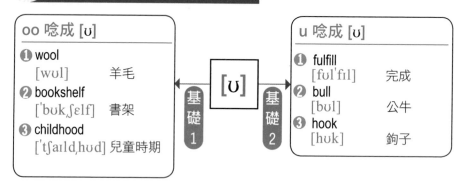

oo 唸成 [ʊ]

❶ wool
　[wʊl]　　　羊毛
❷ bookshelf
　[ˈbʊkˌʃɛlf]　書架
❸ childhood
　[ˈtʃaɪldˌhʊd]　兒童時期

[ʊ]

基礎 1 　 基礎 2

u 唸成 [ʊ]

❶ fulfill
　[fʊlˈfɪl]　　完成
❷ bull
　[bʊl]　　　公牛
❸ hook
　[hʊk]　　　鉤子

1 填填看

唸唸看，找出母音發音、拼法跟格子裡一樣的單字，並填進去。小心！有些單字沒有空格可以對應喔！

put　tooth　pull　should　during　sure　poor
good　educate　push　blood　tour　blue
stood　group　neighborhood　rule　cookie

1. b<u>oo</u>k	
2. c<u>ou</u>ld	
3. f<u>u</u>ll	

答案1.poor; good; stood; neighborhood; cookie 2.should; tour; 3.put; pull; during; sure; push

2 玩玩看

這是一個跳棋的棋盤,請將字母當成跳棋,跟著箭頭指示,寫出根據跳棋路線找到的單字。

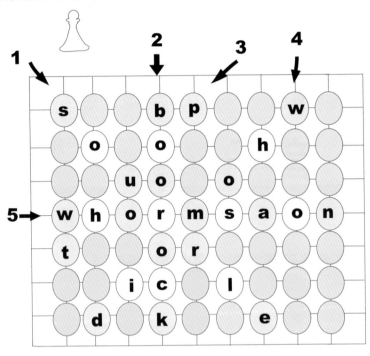

1 例:[sʊr] $\boxed{s}\boxed{u}\boxed{r}\boxed{e}$

2 [bʊk] ☐☐☐

3 [pʊt] ☐☐

4 [wʊd] ☐☐☐

5 [wʊmən] ☐☐☐☐☐

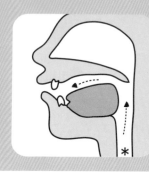

10 [u] 的發音

吹口哨的嘴形。

 怎麼發音呢

首先將嘴唇嘟成圓形,像吹口哨一樣。接著將舌頭的後半部往後往上延伸,但是沒有碰到軟顎,留下一條細細的通道。最後振動聲帶,嘴唇與舌頭稍微用力,就可以發出長長的[u]了。

CD

track
10

 邊聽邊練習單字跟句子的發音喔

＜大聲唸出單字喔＞

① tooth   [tuθ]   牙齒
② cool   [kul]   酷
③ who   [hu]   誰
④ room   [rum]   房間
⑤ zoo   [zu]   動物園
⑥ rule   [rul]   規則

＜大聲唸出句子喔＞

① Who use the tools in my room?
   誰用了我房裡的工具?
② The fool shoots his shoes into the pool.
   那個傻瓜把鞋子射入游泳池裡。
③ The moon is blue through the brook.
   從溪裡看到的月亮是藍色的。

[u]

 比較 [u] 跟 [ʊ] 的發音

[u]和[ʊ]長的很像，兩者最主要的差異就是音的長短，[ʊ]是短音送氣較短促，嘴形較大，嘴唇與舌頭放鬆，不像[u]那麼圓。而[u]的發音比較長，可以把氣送完全。

[u]		
❶ cool	[kul]	酷
❷ wound	[wund]	傷口
❸ pool	[pul]	游泳池
❹ shoe	[ʃu]	鞋子

[ʊ]		
could	[kʊd]	能夠
wood	[wʊd]	木材
put	[pʊt]	放置
should	[ʃʊd]	應該

 玩玩嘴上體操

If a dog chews shoes, whose shoes does he choose?

如果狗會咬鞋子，牠會選擇誰的鞋子咬？

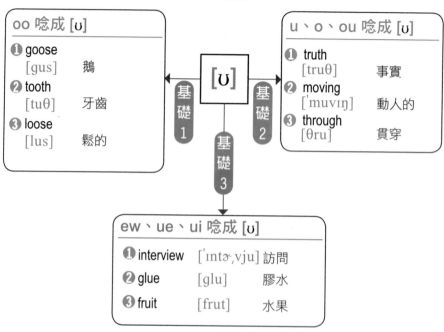

oo 唸成 [ʊ]

1 goose
[gus]　鵝
2 tooth
[tuθ]　牙齒
3 loose
[lus]　鬆的

[ʊ]

基礎1　基礎2　基礎3

u、o、ou 唸成 [ʊ]

1 truth
[truθ]　事實
2 moving
[ˈmuvɪŋ]　動人的
3 through
[θru]　貫穿

ew、ue、ui 唸成 [ʊ]

1 interview　[ˈɪntɚˌvju]　訪問
2 glue　[glu]　膠水
3 fruit　[frut]　水果

 1　唸唸看

唸唸看，將劃線部份發音相同的打勾。

1 ☐ food / good （食物 / 好的）

2 ☐ cool / cook （涼爽的 / 廚師）

3 ☐ mood / mud （情緒 / 泥土）

4 ☐ too / took （也 / 取得）

5 ☐ blue / clue （藍色 / 線索）

6 ☐ group / glue （團體 / 膠水）

7 ☐ shoe / should （鞋子 / 應該）

8 ☐ rude / root （粗魯的 / 根部）

9 ☐ noon / soon （中午 / 快速）

10 ☐ boot / book （靴子 / 書本）

答案 5. 6. 8. 9

2 玩玩看

學過音標以後,當然想知道自己到底記了多少,那麼就來看看左邊的音標,
它們各是那些單字呢?請填在右邊喔!

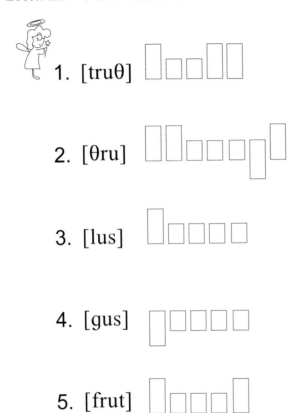

1. [truθ] ☐☐☐☐☐

2. [θru] ☐☐☐☐☐☐☐

3. [lus] ☐☐☐☐☐

4. [gus] ☐☐☐☐

5. [frut] ☐☐☐☐☐

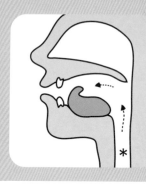

11 [ɝ] 的發音

嘴巴不用太開，舌
頭捲起來，小鳥
「兒」的「兒」。

 怎麼發音呢

看[ɝ]的長相是不是很像阿拉伯數字3長了尾巴呢？這個母音就類似中
文的ㄓ、ㄔ、ㄕ一樣，是捲舌音，常使用在重音節。先嘴唇微微張
開，把舌頭捲起來，再試著發出[ə]，就可以發出[ɝ]這個捲舌音了。

 邊聽邊練習單字跟句子的發音喔

<大聲唸出單字喔>

❶ turtle　[ˈtɝtl]　　烏龜
❷ bird　　[bɝd]　　鳥
❸ dirt　　[dɝt]　　灰塵

❹ early　　[ˈɝlɪ]　　早
❺ nervous　[ˈnɝvəs]　緊張
❻ prefer　　[prɪˈfɝ]　較喜歡…

<大聲唸出句子喔>

❶ This is her thirteenth birthday.
　　　　　　這是她十三歲的生日。
❷ The girl heard a bird singing.
　　　　　　女孩聽到鳥叫。
❸ The dirt made me nervous.
　　　　　　灰塵讓我很緊張。

[ɝ]

 ## 比較[ɝ]跟[ɚ]的發音

[ɝ]和[ɚ]都是捲舌音，嘴形類似，發音不同的關鍵點在舌頭喔！[ɝ]的
舌頭後捲較多，所以聽起來捲舌音比較重。請捲起舌頭試試看捲舌輕重
吧！

CD

track
11

	[ɝ]			[ɚ]	
❶ serve	[sɝv]	服務	center	[ˈsɛntɚ]	中心
❷ stir	[stɝ]	攪拌	polar	[polɚ]	極地的
❸ pearl	[pɝl]	珍珠	comforting	[ˈkʌmfɚtɪŋ]	安慰的
❹ world	[wɝld]	世界	eastward	[ˈistwɚd]	向東的

 ## 玩玩嘴上體操

**Early bird learned a new word.
I heard the bird blurb the word.
Blur, blur, blur.**
早起的鳥兒學了個新字，
我聽到鳥兒唱著個新字，
布勒布勒布勒。

BLUR~
BLUR~
BLUR~

47

10倍速音標記憶網——哪些字母或字母組合唸成[ɝ]

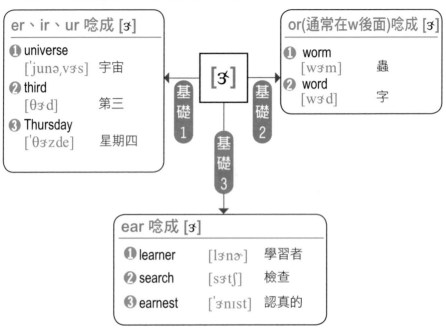

er、ir、ur 唸成 [ɝ]

❶ universe
['junə,vɝs] 宇宙
❷ third
[θɝd] 第三
❸ Thursday
['θɝzde] 星期四

[ɝ]

基礎 1

基礎 2

基礎 3

or(通常在w後面)唸成 [ɝ]

❶ worm
[wɝm] 蟲
❷ word
[wɝd] 字

ear 唸成 [ɝ]

❶ learner [lɝnɚ] 學習者
❷ search [sɝtʃ] 檢查
❸ earnest ['ɝnɪst] 認真的

 1 選選看

唸唸看,將劃線部份為單字重音的打勾。

1 ☐ m<u>ur</u>der (謀殺)

2 ☐ s<u>ur</u>prise (驚喜)

3 ☐ l<u>ear</u>n (學習)

4 ☐ pref<u>er</u> (喜愛)

5 ☐ n<u>er</u>vous (緊張)

6 ☐ teach<u>er</u> (老師)

7 ☐ ent<u>er</u> (進入)

8 ☐ ret<u>ur</u>n (返回)

9 ☐ thi<u>r</u>teen (十三)

10 ☐ p<u>er</u>haps (也許)

答案1. 3. 4. 5. 8

2 玩玩看

左邊的拼圖上的音標弄亂了，請幫它們找到單字拼法正確的夥伴，重新將它們連在一起。

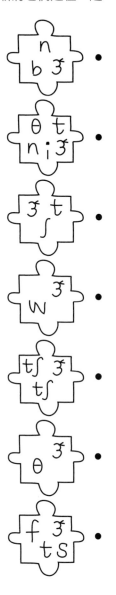

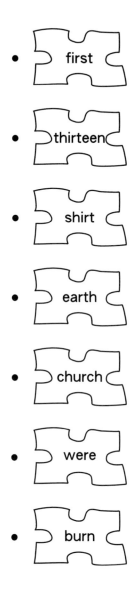

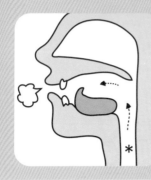

12 [ɚ] 的發音

老婆害喜了，
「嗯嗯嗯」！

嗯！

怎麼發音呢

[ɚ]是個捲舌音，要發出[ɚ]這個音，首先要把舌頭向後捲，舌尖頂放在快到軟顎的地方，舌頭的位置壓低，下巴壓低，就可以發出一個完美的[ɚ]了。

CD

track
12

邊聽邊練習單字跟句子的發音喔

＜大聲唸出單字喔＞

❶ layer ['leɚ] 層
❷ modern ['mɑdɚn] 現代的
❸ outer ['aʊtɚ] 外部的
❹ over ['ovɚ] 超過
❺ sister ['sɪstɚ] 妹妹
❻ finger ['fɪŋgɚ] 手指

＜大聲唸出句子喔＞

❶ The popular scholar sponsored the venture.
那位受歡迎的學者，贊助這次的冒險行動。

❷ The wizards gathered altogether.
巫師們通通聚在一起。

❸ The author is eager to go across the border.
那位作者很渴望穿過國界。

50

[ɚ]

比較 [ɚ] 跟 [ɝ] 的發音

[ɚ] 和 [ɝ] 都是捲舌音，嘴形類似，發音不同的關鍵點在舌頭喔！[ɚ]的舌頭後捲較少，所以聽起來捲舌音沒那麼重。請捲起舌頭試試看捲舌輕重吧！

CD

track
12

	[ɚ]			[ɝ]	
❶ inner	[ˈɪnɚ]	內部	her	[hɝ]	她
❷ effort	[ˈɛfɚt]	努力	hurt	[hɝt]	傷
❸ eastern	[ˈistɚn]	東方	learn	[lɝn]	學習
❹ survey	[sɚˈve]	調查	nervous	[ˈnɝvəs]	緊張

玩玩嘴上體操

The vigor shepherd wandered in the wilderness.
那位精神飽滿的牧羊人在荒野中漫步。

51

10倍速音標記憶網——哪些字母或字母組合唸成[ɚ]

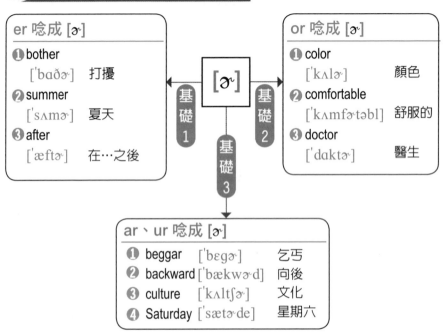

er 唸成 [ɚ]

❶ bother
['baðɚ] 打擾
❷ summer
['sʌmɚ] 夏天
❸ after
['æftɚ] 在…之後

[ɚ]

基礎1　基礎2　基礎3

or 唸成 [ɚ]

❶ color
['kʌlɚ] 顏色
❷ comfortable
['kʌmfɚtəbl] 舒服的
❸ doctor
['dɑktɚ] 醫生

ar、ur 唸成 [ɚ]

❶ beggar ['bɛgɚ] 乞丐
❷ backward ['bækwɚd] 向後
❸ culture ['kʌltʃɚ] 文化
❹ Saturday ['sætɚde] 星期六

 1 唸唸看

請試著唸唸看題目的發音，再選出和題目發音相同的答案。

1 ___ fur　①her　②outer　③color
2 ___ layer　①hurt　②survey　③learn
3 ___ bird　①bother　②vigor　③serve
4 ___ inner　①for　②sir　③border
5 ___ effort　①over　②nurse　③purple

答案1.① 2.② 3.③ 4.③ 5.①

2 玩玩看

學過音標當然要知道自己到底記了多少，那麼就來看看左邊的音標，
它們各是那些單字呢？請填在右邊喔！

1.[ˈkʌlɚ] □□□□□□

2.[ˈistɚn] □□□□□□□

3.[ˈsʌmɚ] □□□□□□

4.[ˈkʌltʃ] □□□□□□□

5.[ˈmʌðɚ] □□□□□□

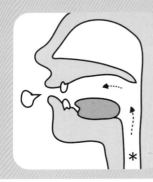

13 [ə] 的發音

「呃」！今天吃太飽了。

怎麼發音呢

[ə]的發音位置是所有母音最為放鬆的。因為它的嘴形微開，不大也不小。舌頭的位置在口腔中央，不高也不低，不前也不後。只要振動聲帶，就可以輕鬆發出[ə]的音囉！這也難怪[ə]通常出現在非重音的音節呢！

邊聽邊練習單字跟句子的發音喔

<大聲唸出單字喔>

❶ police [pəˈlis]　警察
❷ ago [əˈgo]　之前
❸ heaven [ˈhɛvən]　天堂
❹ us [əs]　我們
❺ offend [əˈfɛnd]　冒犯
❻ holiday [ˈhɑləˌde] 假日

<大聲唸出句子喔>

❶ The department store is about to open.
百貨公司就快要開門了。

❷ Both of us look at the composition above.
我們看著上面那篇文章。

❸ Seven plus eleven is eighteen.
七加十一等於十八。

[ə]

 ## 比較[ə]跟[æ]的發音

[ə]和[æ]像是鬆弛和緊繃的皮球，發音力道完全相反。[ə]的發音位置最放鬆，像不經意得打了個嗝，而[æ]最用力，像刻意學鴨子叫一樣，用力得拉開嘴壓低舌頭。

CD

track
13

[ə]		[æ]	
❶ across	[əˈkrɔs] 穿越	actor	[ˈæktɚ] 演員
❷ polite	[pəˈlaɪt] 禮貌	palace	[ˈpælɪs] 皇宮
❸ apologize	[əˈpɑləˌdʒaɪz] 道歉	apple	[ˈæpl] 蘋果

 ## 玩玩嘴上體操

Sicken chicken in the kitchen has taken the medicine.
廚房裡那隻得病的雞已經吃了藥了。

10倍速音標記憶網——哪些字母或字母組合唸成[ə]

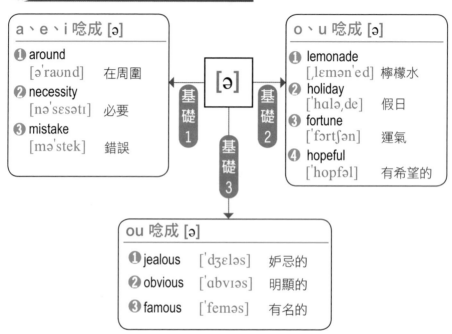

a、e、i 唸成 [ə]

1. around
   [əˈraʊnd]　在周圍
2. necessity
   [nəˈsɛsətɪ]　必要
3. mistake
   [məˈstek]　錯誤

o、u 唸成 [ə]

1. lemonade
   [ˌlɛmənˈed]　檸檬水
2. holiday
   [ˈhɑləˌde]　假日
3. fortune
   [ˈfɔrtʃən]　運氣
4. hopeful
   [ˈhopfəl]　有希望的

[ə]

基礎1　基礎2　基礎3

ou 唸成 [ə]

1. jealous　[ˈdʒɛləs]　妒忌的
2. obvious　[ˈɑbvɪəs]　明顯的
3. famous　[ˈfeməs]　有名的

1 唸唸看

唸唸看，劃線部份如果兩個單字發音相同就打勾。

1. ☐ again / across
   （再次 / 越過）
2. ☐ us / up
   （我們 / 上）
3. ☐ focus / excuse
   （專注 / 藉口）
4. ☐ sadness / careless
   （傷心 / 不小心）
5. ☐ different / moment
   （不同的 / 時刻）
6. ☐ position / possible
   （位置 / 可能的）
7. ☐ important / restaurant
   （重要的 / 餐廳）
8. ☐ telephone / television
   （電話 / 電視）

答案 1. 5. 7. 8

2 玩玩看

學過音標當然要知道自己到底記了多少，那麼就來看看左邊的音標，它們各是那些單字呢？請填在右邊喔！

1.[ˈdʒɛləs] □□□□□□□

2.[məˈstek] □□□□□□□

3.[lɛmənˈed] □□□□□□□□

4.[pəˈlaɪt] □□□□□□

5.[təˈde] □□□□□

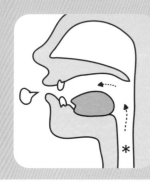

14 [ʌ] 的發音

「啊！」錢包不見了！

啊！

 怎麼發音呢

[ʌ]與[ə]的發音位置相當接近，舌頭同樣放在口腔中央，跟[ə]差不多低。跟[ə]不同的地方是，[ʌ]比較常出現在重音音節。

 邊聽邊練習單字跟句子的發音喔

< 大聲唸出單字喔 >

❶ cut   [kʌt]   剪
❷ duck   [dʌk]   鴨子
❸ lucky   [ˈlʌkɪ]   幸運的

❹ fun   [fʌn]   有趣的
❺ button   [ˈbʌtn]   按鈕
❻ under   [ˈʌndɚ]   在…之下

< 大聲唸出句子喔 >

❶ The runner won with luck.
　　　　　　短跑選手很幸運地贏了比賽。

❷ The hungry hunter ate the duck.
　　　　　　飢腸轆轆的獵人吃了鴨子。

❸ A bug sunk in the cup.
　　　　　　有隻蟲沉進杯中。

[ʌ]

 比較 [ʌ] 跟 [ɑ] 的發音

[ʌ]比較含蓄，嘴形較小，發音位置較輕鬆不刻意，送氣方式也比較短促。[ɑ]十分的外放，把嘴巴張到最大，舌頭位置是所有母音最低，再完全送氣發出聲音。

CD

track
14

	[ʌ]			[ɑ]	
❶ but	[bʌt]	但是	bomb	[bɑm]	炸彈
❷ hug	[hʌg]	擁抱	hop	[hɑp]	跳躍
❸ nut	[nʌt]	堅果	not	[nɑt]	不是
❹ mother	[ˈmʌðɚ]	母親	father	[ˈfɑðɚ]	父親

 玩玩嘴上體操

**Big bog bugs love thick
long logs.**
大沼澤蟲喜歡又粗又長的木頭。

10倍速音標記憶網——哪些字母或字母組合唸成[ʌ]

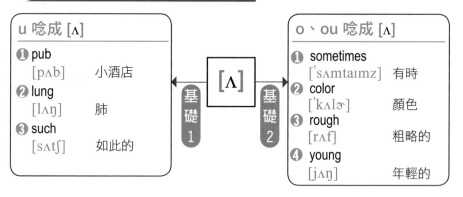

u 唸成 [ʌ]

❶ pub
   [pʌb]　　小酒店
❷ lung
   [lʌŋ]　　肺
❸ such
   [sʌtʃ]　　如此的

[ʌ]

基礎 1

基礎 2

o、ou 唸成 [ʌ]

❶ sometimes
   [ˈsʌmtaɪmz]　有時
❷ color
   [ˈkʌlɚ]　　顏色
❸ rough
   [rʌf]　　粗略的
❹ young
   [jʌŋ]　　年輕的

1 唸唸看

唸唸看，將劃線部份發音不同的圈出來。

1 fun run gum sun turn
2 love glove clock won come
3 money monkey moment mother Monday
4 mouth touch double cousin enough
5 future hundred number public lunch

答案1.turn 2.clock 3.moment 4.mouth 5.future

縱橫字謎：請根據音標以及箭頭的位置，將單字直向或橫向填入空格裡，完成下圖。

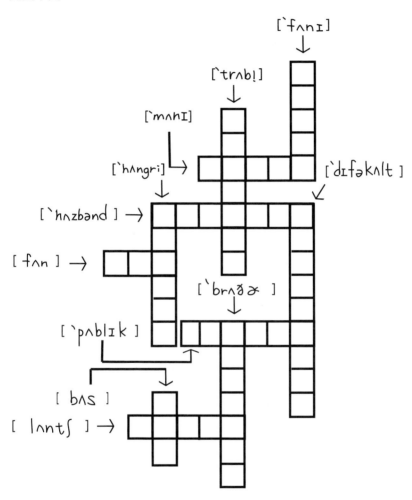

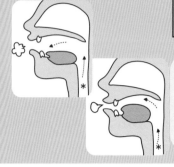

15 [aɪ] 的發音

我「愛」妳的「愛」啦！

愛！

 怎麼發音呢

看看[aɪ]的形狀，是不是很像[ɑ]和[ɪ]的合體呢？沒錯，發音時也是這兩個母音的合體喔！首先先發[ɑ]的音，接著慢慢帶出緊接在後的[ɪ]，一個都不能漏。聽起來像中文的ㄞ就成功了！

 邊聽邊練習單字跟句子的發音喔

＜大聲唸出單字喔＞

❶ ice   [aɪs]   冰
❷ sky   [skaɪ]   天空
❸ right   [raɪt]   右邊

❹ decide   [dɪˈsaɪd]   決定
❺ night   [naɪt]   晚上
❻ behind   [bɪˈhaɪnd]   後面

＜大聲唸出句子喔＞

❶ The light is right behind you.
　　　　　　燈就在你後面。
❷ Butterflies fly in the sky.
　　　　　　蝴蝶在天上飛。
❸ The child cried all night.
　　　　　　那個孩子整晚哭鬧。

 [a]  [ɪ]

 比較[aɪ]跟[ɑ]的發音

[aɪ]和[ɑ]裡面都有[ɑ]，但是雙母音[aɪ]中的[ɑ]因為被[ɪ]給同化了，發音的位置比原本的[ɑ]低，所以在發[aɪ]時要把舌頭壓得比較低，讓嘴形也變得比較扁喔。

CD

track 15

	[aɪ]			[ɑ]	
❶ night	[naɪt]	晚上	not	[nɑt]	不是
❷ fire	[faɪr]	火	far	[fɑr]	遠的
❸ guide	[gaɪd]	導引	God	[gɑd]	神
❹ ice	[aɪs]	冰	ox	[ɑks]	牛

 玩玩嘴上體操

I like the nice idea Mike provided.
我喜歡麥克提出的那個不錯的點子。

63

10倍速音標記憶網—— 哪些字母或字母組合唸成 [aɪ]

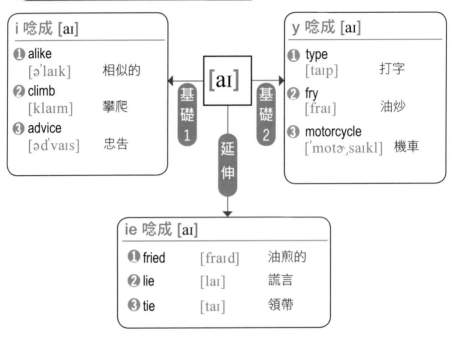

i 唸成 [aɪ]

1. alike
   [əˈlaɪk]　相似的
2. climb
   [klaɪm]　攀爬
3. advice
   [ədˈvaɪs]　忠告

[aɪ]

基礎1

基礎2

延伸

y 唸成 [aɪ]

1. type
   [taɪp]　打字
2. fry
   [fraɪ]　油炒
3. motorcycle
   [ˈmotɚˌsaɪkl]　機車

ie 唸成 [aɪ]

1. fried　[fraɪd]　油煎的
2. lie　[laɪ]　謊言
3. tie　[taɪ]　領帶

1 選選看

請將下列包含了母音發音[aɪ]的單字勾起來：

☐slide　☐slow　☐lead　☐see
☐fly　☐six　☐glide　☐polite
☐flag　☐bright　☐right　☐brand
☐cat　☐kite　☐stamp　☐fight
☐pile　☐stop　☐buy　☐thank
☐light　☐bank　☐my　☐die

答案 slide, fly, glide, polite, bright, right, kite, fight, pile,
buy, light, my, die

MEMO

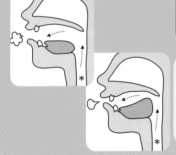

16 [aʊ] 的發音

腳去踢到桌腳了，痛死了！「阿嗚」！

阿嗚！

 怎麼發音呢

[aʊ]是由[a]和[ʊ]所組成的雙母音，所以，在發這個音時，要先張大嘴巴，發出[a]的音，再馬上把嘴巴縮小，發出[ʊ]的音，這樣把兩個母音依序發音，就是[aʊ]的正確發音啦！聽起來有點像踢到桌腳發出的哀嚎聲「阿嗚」喔！

 邊聽邊練習單字跟句子的發音喔

＜大聲唸出單字喔＞

❶ out   [aʊt]   外面
❷ cloud   [klaʊd]   雲
❸ mouth [maʊθ]   嘴巴

❹ owl   [aʊl]   貓頭鷹
❺ now   [naʊ]   現在
❻ however [haʊˈɛvɚ] 然而

＜大聲唸出句子喔＞

❶ I found owls outside the house.
　　　　　　我發現屋子外面有貓頭鷹。

❷ Don't shout at our cow.
　　　　　　不要對我們的牛大叫。

❸ I doubt the tower is in the town.
　　　　　　我懷疑那座塔在城裡。

66

[a]

[ʊ]

比較[aʊ]跟[ɔ]的發音

[aʊ]和[ɔ]看起來好像完全不同，但當[a]後面加上[ʊ]後，發音變得跟[ɔ]有點類似了，兩者雖然發音相似，但[aʊ]在尾音時嘴巴要向內縮，不像[ɔ]是一直都是微微張開的喔。

CD

track
16

	[aʊ]				[ɔ]	
❶ cow	[kaʊ]	牛		cause	[ˈkɔz]	原因
❷ south	[saʊθ]	南方		sauce	[sɔs]	醬料
❸ loud	[laʊd]	大聲		law	[lɔ]	法律
❹ found	[faʊnd]	找到		fault	[fɔlt]	錯

玩玩嘴上體操

How about going out now?
不如現在出去如何？

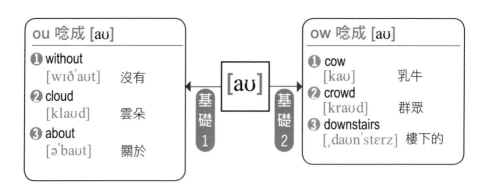

ou 唸成 [aʊ]

❶ without
[wɪðˈaʊt]　沒有
❷ cloud
[klaʊd]　雲朵
❸ about
[əˈbaʊt]　關於

[aʊ]

基礎1 ← → 基礎2

ow 唸成 [aʊ]

❶ cow
[kaʊ]　乳牛
❷ crowd
[kraʊd]　群眾
❸ downstairs
[ˌdaʊnˈstɛrz]　樓下的

1 選選看

請選出跟題目單字畫底線處發音相同的單字：

1 ( ) b<u>a</u>ll 　①c<u>a</u>ll 　②b<u>o</u>y 　③b<u>o</u>w 　④b<u>oa</u>t
2 ( ) m<u>ou</u>se 　①m<u>o</u>ther 　②m<u>i</u>ght 　③m<u>ou</u>th 　④m<u>o</u>de
3 ( ) cl<u>ou</u>d 　①c<u>o</u>ld 　②pr<u>ou</u>d 　③f<u>o</u>ld 　④c<u>oa</u>t
4 ( ) t<u>ow</u>el 　①h<u>ou</u>se 　②l<u>i</u>fe 　③s<u>ee</u> 　④t<u>a</u>ll
5 ( ) b<u>ou</u>t 　①b<u>i</u>t 　②b<u>oa</u>t 　③b<u>u</u>t 　④l<u>ou</u>d

答案 1.① 2.③ 3.② 4.① 5.④

MEMO

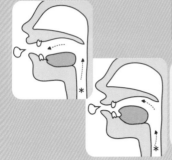

17 [ɔɪ] 的發音

嘴巴像含著一個蛋，發出救護車的聲音「喔乙喔乙喔乙」。

怎麼發音呢

[ɔɪ]這個音是由[ɔ][ɪ]組成的雙母音，發音時嘴巴要先嘟成圓形，發出[ɔ]的音，再把嘴巴慢慢拉開，嘴形變成又細又長，發出[ɪ]這個音。兩個音連在一起有點像救護車出動時，發出「喔乙～喔乙～」的聲音喔！

邊聽邊練習單字跟句子的發音喔

<大聲唸出單字喔>

❶ boy	[bɔɪ]	男孩	❹ coin	[kɔɪn]	硬幣
❷ oil	[ɔɪl]	油	❺ noisy	[ˈnɔɪzɪ]	吵鬧
❸ toy	[tɔɪ]	玩具	❻ avoid	[əˈvɔɪd]	避免

<大聲唸出句子喔>

❶ The boy's voice is noisy.
男孩的聲音很吵。

❷ The poet wrote a poem.
詩人寫了首詩。

❸ The soy beans are poisoned.
黃豆被下毒了。

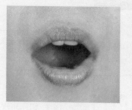
[ɔ]

[ɪ]

比較[ɔɪ]跟[o]的發音

[ɔɪ]是由兩個短母音所組成的雙母音,兩個母音拼在一起,所以聽起來
更是短促,我們看看[ɔɪ]和長母音[o]比起來,發音有多短促!

CD

track
17

	[ɔɪ]			[o]	
❶ oil	[ɔɪl]	油	old	[old]	老
❷ soil	[sɔɪl]	土	sold	[sold]	賣出
❸ joy	[dʒɔɪ]	喜悅	Joe	[dʒo]	喬
❹ toy	[tɔɪ]	玩具	told	[told]	說

玩玩嘴上體操

**Joy joined the royal
army to show his loyalty.**
喬伊參加了皇家軍隊來展示他
的忠心。

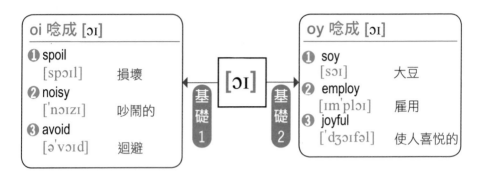

10倍速音標記憶網——哪些字母或字母組合唸成[ɔɪ]

oi 唸成 [ɔɪ]

❶ spoil
  [spɔɪl]　　損壞
❷ noisy
  ['nɔɪzɪ]　　吵鬧的
❸ avoid
  [ə'vɔɪd]　　迴避

[ɔɪ]

基礎 1

基礎 2

oy 唸成 [ɔɪ]

❶ soy
  [sɔɪ]　　大豆
❷ employ
  [ɪm'plɔɪ]　　雇用
❸ joyful
  ['dʒɔɪfəl]　　使人喜悅的

CD

track 17

1 聽聽看

聽聽看CD，選出你聽到的發音：

1 (　　) ①voice　②vow
2 (　　) ①fold　②fill
3 (　　) ①moist　②most
4 (　　) ①guide　②good
5 (　　) ①go　②gold

答案1.① 2.② 3.① 4.① 5.②

子音

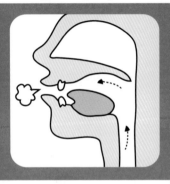

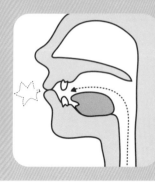

1 [p] 的發音

緊閉的雙唇，一口氣放開，好像發出有氣無聲的「ㄆ」音來。

 怎麼發音呢

要發出[p]的音，首先將上下唇閉緊，讓氣流留在口腔裡一會兒，才將上下唇放開，這時候不要振動聲帶，讓氣流衝出來，與上下唇產生摩擦，這樣發出來的音就是[p]囉！跟注音符號「ㄆ」的發音是不是很像呢？

CD

track

18

 邊聽邊練習單字跟句子的發音喔

＜大聲唸出單字喔＞

❶ pen　　[pɛn]　　筆
❷ pray　　[pre]　　祈禱
❸ replay　[reple]　重複播放
❹ important [ɪmˈpɔrtnt] 重要的
❺ stop　　[stɑp]　　停止
❻ hope　　[hop]　　希望

＜大聲唸出句子喔＞

❶ Paris is a perfect place.
　　　　　巴黎是個完美的地方。

❷ The painter stops painting.
　　　　　那位畫家停止作畫。

❸ My parents complain about my pet.
　　　　　我的父母對我的寵物有所抱怨。

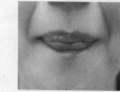

[p]

比較[p]跟[b]的發音

[p]和[b]都是用氣流擦過雙唇來發音，所以又叫爆裂音，不同點是[p]不用振動聲帶，就像是用氣音說話一樣，是個無聲子音，而[b]需要振動聲帶，是有聲子音。

CD

track
18

	[p]			[b]	
❶ park	[park]	公園	bark	[bark]	吠叫
❷ mop	[map]	拖地	mob	[mab]	暴民
❸ pop	[pap]	流行樂	Bob	[bab]	包柏（人名）
❹ pass	[pæs]	通過	bass	[bes]	低音

玩玩嘴上體操

**Peter Piper picked a
pack of pickled peppers.**
彼德派普挑了一包醃辣椒。

75

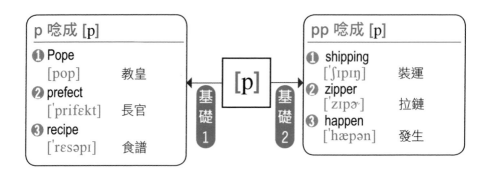

10倍速音標記憶網——哪些字母或字母組合唸成[p]

p 唸成 [p]

❶ Pope
[pop]　　　教皇
❷ prefect
[ˈprifɛkt]　長官
❸ recipe
[ˈrɛsəpɪ]　食譜

[p]

基礎 1

基礎 2

pp 唸成 [p]

❶ shipping
[ˈʃɪpɪŋ]　　裝運
❷ zipper
[ˈzɪpɚ]　　拉鏈
❸ happen
[ˈhæpən]　發生

CD

track
18

1 聽聽看

聽聽看，將聽到的單字按照正確的順序寫出來。

1 sport　bored　port　　①＿＿＿　　②＿＿＿　　③＿＿＿
2 speak　beak　peak　　①＿＿＿　　②＿＿＿　　③＿＿＿
3 spend　bend　pen　　①＿＿＿　　②＿＿＿　　③＿＿＿
4 spare　bare　pair　　①＿＿＿　　②＿＿＿　　③＿＿＿
5 spark　bark　park　　①＿＿＿　　②＿＿＿　　③＿＿＿

答案1.port; bored; sport　2.speak; beak; peak　3.pen; spend; bend
　　　4.bare; pair; spare　5.park; bark; spark

76

2 玩玩看

解碼藏密筒：把左邊排列組合不正確的單字，按照右邊的音標拼出正確的單字。

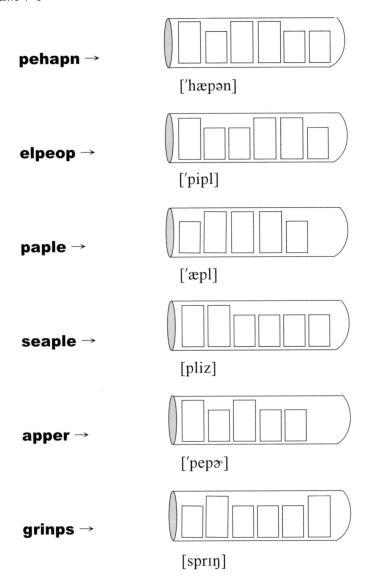

pehapn →

[ˈhæpən]

elpeop →

[ˈpipl]

paple →

[ˈæpl]

seaple →

[pliz]

apper →

[ˈpepɚ]

grinps →

[sprɪŋ]

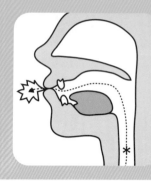

2 [b] 的發音

緊閉的雙唇，一口氣放開，好像發出「ㄅ」音來。

 怎麼發音呢

[b]的音跟[p]的發音方式很類似，同樣讓氣流留在口腔裡，再放開上下唇。但是不同的是，在氣流衝出來的同時要記得振動聲帶。一邊發[b]的音，一邊摸摸脖子上的聲帶，要有細微的振動才是[b]喔！

CD
track
19

 邊聽邊練習單字跟句子的發音喔

<大聲唸出單字喔>

❶ bee	[bi]	蜜蜂	
❷ bank	[bæŋk]	銀行	
❸ book	[bʊk]	書	
❹ cab	[kæb]	計程車	
❺ lobby	['labɪ]	大廳	
❻ obey	[ə'be]	遵守	

<大聲唸出句子喔>

❶ Blue brook is beautiful.
　　　　　　藍色的小溪很美。

❷ The cab bumped into the bank.
　　　　　　計程車撞進銀行裡。

❸ My brother ate bread for breakfast.
　　　　　　我的哥哥吃麵包當早餐。

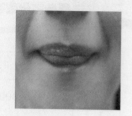

[b]

 比較[b]跟[p]的發音

[p]和[b]不同點是：[p]不用振動聲帶，就像是用氣音說話一樣，而[b]是有聲子音需要振動聲帶。請摸著喉嚨感受一下聲帶振動的感覺吧。

CD

track
19

	[b]			[p]	
❶ bill	[bɪl]	帳單	pill	[pɪl]	藥丸
❷ bat	[bæt]	蝙蝠	pat	[pæt]	輕拍
❸ bay	[be]	海灣	pay	[pe]	付帳
❹ cab	[kæb]	計程車	cap	[kæp]	棒球帽

 玩玩嘴上體操

**Betty Botter had some butter,
"But," she said, "this butter's bitter."**

貝蒂巴特有些奶油，
她說「但是這些奶油是苦的」。

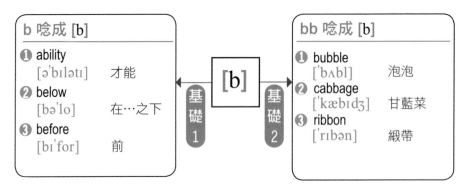

b 唸成 [b]

❶ ability
　[əˈbɪlətɪ]　才能
❷ below
　[bəˈlo]　在…之下
❸ before
　[bɪˈfor]　前

基礎 1

[b]

基礎 2

bb 唸成 [b]

❶ bubble
　[ˈbʌbl]　泡泡
❷ cabbage
　[ˈkæbɪdʒ]　甘藍菜
❸ ribbon
　[ˈrɪbən]　緞帶

CD

track 19

 1 聽聽看

改錯練習。下面的單字有些拼錯了，請在聽過CD後，在正確的單字後面空格打O。在錯的單字後面的空格打X，並填上正確的單字。

1. public（公立的）→___　_____
2. sbread（分布）→___　_____
3. break（破壞）→___　_____
4. bort（港口）→___　_____
5. climb（攀爬）→___　_____
6. table（桌子）→___　_____
7. blay（遊戲）→___　_____
8. sblash（飛濺）→___　_____
9. bath（洗澡）→___　_____
10. cab（計程車）→___　_____

　　答案1.O public; 2.X spread; 3.O break; 4.X port; 5.O climb;
　　　　6.O table; 7. X play; 8. X splash; 9.O bath; 10.X cap

80

2 玩玩看

每個題目中圓圈上下兩個一組,只有其中一個可以與後面的字母組成單字,請找出正確的單字。(提示:每個單字都有[b]的發音喔!)

例

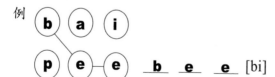

b e e b e e [bi]

1.

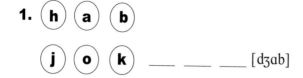

___ ___ ___ [dʒɑb]

2.

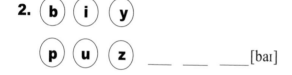

___ ___ ___ [baɪ]

3.

___ ___ ___ ___ ___ [brek]

4.

___ ___ ___ ___ ___ ['tebl]

81

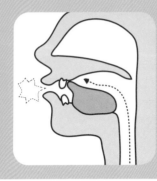

3 [t] 的發音

特快車，跑得好快，
發出有氣無聲的「特
特特」音來！

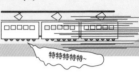

特特特特特~

 怎麼發音呢

首先將舌頭前端抵在上排齒齦後面，讓氣流留在口腔裡一會兒，接著
放開舌頭，讓氣流從舌頭前端與齒齦後面的空隙衝出來，發這個音不
要振動聲帶，類似無聲版的「ㄊ」，就是[t]的發音囉！

CD

track
20

 邊聽邊練習單字跟句子的發音喔

＜大聲唸出單字喔＞

❶ cat　　[kæt]　　貓
❷ let　　 [lɛt]　　 讓
❸ count　[kaʊnt]　數

❹ take　 [tek]　　拿
❺ today　[təˈde]　今天
❻ letter　[ˈlɛtɚ]　信

＜大聲唸出句子喔＞

❶ Taxi!
　　　　　計程車！
❷ Turn left.
　　　　　左轉。
❸ Let the vet take care of the turtle.
　　　　　讓獸醫來照顧烏龜。

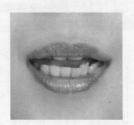

[t]

 比較[t]跟[d]的發音

[t]和[d]都是舌尖頂在上排牙齦的爆裂音，不同點是[t]是無聲子音，不需振動聲帶，像是用氣音說話一樣，而[d]是有聲子音，需要振動聲帶才能發音。

CD

track
20

	[t]				[d]		
❶	tall	[tɔl]	高	doll	[dɔl]	娃娃
❷	tip	[tɪp]	秘訣	dip	[dɪp]	浸泡
❸	tat	[tæt]	小孩	dad	[dæd]	父親
❹	letter	['lɛtɚ]	信	ladder	['læbɚ]	梯子

 玩玩嘴上體操

Kit spit a pit from a tidbit he bit.
基特從他咬過的美味食物中吐出了一個果核。

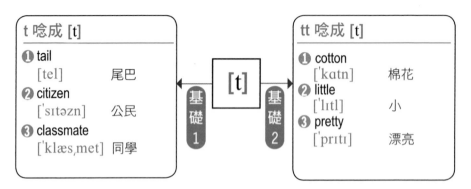

t 唸成 [t]

1. tail
   [tel]　　　尾巴
2. citizen
   ['sɪtəzn]　　公民
3. classmate
   ['klæsˌmet]　同學

[t]

tt 唸成 [t]

1. cotton
   ['kɑtn]　　棉花
2. little
   ['lɪtl]　　小
3. pretty
   ['prɪtɪ]　　漂亮

基礎 1
基礎 2

CD
track 20

1 聽聽看

聽聽看，根據你聽到的單字，在空格內填入 "t" 或 "d"。

1 □o□ay
　（今天）

2 □ra□e
　（交易）

3 □rea□
　（對待）

4 □ues□ay
　（星期二）

5 s□ay
　（停留）

6 □icke□
　（入場券）

7 □en□
　（傾向）

8 s□eal
　（偷竊）

9 □as□e
　（嚐）

10 □en□
　（帳棚）

答案 1.today　2.trade
　　 3.treat　4.Tuesday
　　 5.stay　6.ticket
　　 7.tend　8.steal
　　 9.taste　10.tent

2 玩玩看

請看看左邊的音標，它們各是那些單字呢？請填入空格中。

1.['lɪtl]

2.[lɛft]

3.[tek]

4.[stɑp]

5.[let]

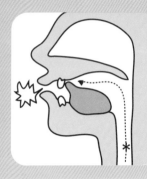

4 [d] 的發音

道路工程人員，拿著電鑽挖道路，發出有氣有聲的「的的的」音來！

的的的！

 怎麼發音呢

[d]的發音位置與[t]相當類似，同樣將舌頭前端抵住上牙齦後面，再將舌頭放開，一次讓氣流通過空隙衝出來。不同的地方是，[d]要振動聲帶，摸摸看自己脖子上的聲帶位置，看看有沒有細微的振動喔！

CD

track
21

 邊聽邊練習單字跟句子的發音喔

＜大聲唸出單字喔＞

❶ did   [dɪd]   做（do的過去式）
❷ desk   [dɛsk]   書桌
❸ dead   [dɛd]   死亡
❹ mad   [mæd]   生氣
❺ cold   [kold]   寒冷
❻ window   [ˈwɪndo]   窗戶

＜大聲唸出句子喔＞

❶ Dad is sad.
　　　　　　爸爸很難過。
❷ Today is windy.
　　　　　　今天起風了。
❸ Dinner is ready.
　　　　　　晚餐做好了。

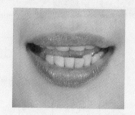

[d]

比較[d]跟[t]的發音

[d]和[t]的不同點是：[t]不需振動聲帶，像是用氣音說話一樣，而[d]需要振動聲帶，和平常說話時一樣。請摸著喉嚨比較看看聲帶有無振動的感覺吧！

CD

track
21

[d]			[t]		
❶ god	[gɑd]	神	got	[gɑt]	得到
❷ dig	[dɪg]	挖掘	tip	[tɪp]	秘訣
❸ mad	[mæd]	生氣	mat	[mæt]	草蓆
❹ do	[du]	做	to	[tu]	到…

玩玩嘴上體操

Did David's daughter dream to be a dancer?
大衛的女兒是否夢想過要當個舞者？

10倍速音標記憶網——哪些字母或字母組合唸成[d]

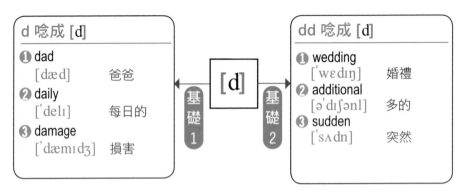

d 唸成 [d]	
❶ dad [dæd]	爸爸
❷ daily [ˈdelɪ]	每日的
❸ damage [ˈdæmɪdʒ]	損害

[d]
基礎 1
基礎 2

dd 唸成 [d]	
❶ wedding [ˈwɛdɪŋ]	婚禮
❷ additional [əˈdɪʃənl]	多的
❸ sudden [ˈsʌdn]	突然

CD

track
21

1 聽聽看

聽聽看，下列單字的動詞過去式(劃線部份)該發什麼音? 先跟著唸一次，
再將答案填到對應的空格裡。

wash<u>ed</u>　stay<u>ed</u>　　kiss<u>ed</u>　　hugg<u>ed</u>　　sign<u>ed</u>　　describ<u>ed</u>
danc<u>ed</u>　complain<u>ed</u>　organiz<u>ed</u>　prefer<u>red</u>　mopp<u>ed</u>
fill<u>ed</u>　　watch<u>ed</u>　　welcom<u>ed</u>　kick<u>ed</u>　　cri<u>ed</u>　　　liv<u>ed</u>

[t]	
[d]	

答案[t] washed; kissed; danced; mopped; watched; kicked
　　　[d]stayed; hugged; signed; described; complained; organized; preferred;
　　　　filled; welcomed; cried; lived

2 玩玩看

學過音標當然要知道自己到底記了多少，那麼就來看看左邊的音標，
它們各是那些單字呢？

1.[dæd] □□□

2.[ˈdæmɪdʒ] □□□□□□

3.[gold] □□□□

4.[əˈdɪʃənl] □□□□□□□□□

5.[ˈsʌdn] □□□□□□

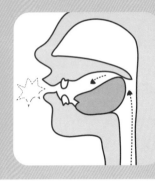

5 [k]的發音

「渴」啊「渴」啊！
誰來給我一點水啊！

 怎麼發音呢

先將舌頭後面往上提，抵住軟顎，先擋住氣流一會兒，再將舌頭放開，使氣流通過舌頭後面與軟顎中間的空隙衝出來，這時候不要振動聲帶，很類似中文的「丂」，但是無聲的喔！

CD

track
22

 邊聽邊練習單字跟句子的發音喔

＜大聲唸出單字喔＞

❶ key	[ki]	鑰匙		❹ case	[kes]	案件
❷ kid	[kɪd]	孩子		❺ cook	[kʊk]	烹飪
❸ kick	[kɪk]	踢		❻ desk	[dɛsk]	書桌

＜大聲唸出句子喔＞

❶ Just kidding.

開玩笑的啦。

❷ Kids like jokes.

小孩愛聽笑話。

❸ Keep working all night.

徹夜工作吧。

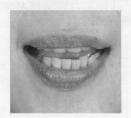

[k]

 ## 比較[k]跟[g]的發音

[k]和[g]都是舌根頂在軟顎所發出的爆裂音，不同點是[k]是無聲子音，不需振動聲帶，像是用氣音說出注音的ㄎ，而[g]是有聲子音，需振動聲帶，發音類似注音ㄍ。

CD

track 22

[k]		
❶ picky	[ˈpɪkɪ]	挑剔
❷ kept	[kɛpt]	保持
❸ kick	[kɪk]	踢
❹ clue	[klu]	線索

[g]		
piggy	[ˈpɪgɪ]	小豬
get	[gɛt]	得到
gig	[gɪg]	輕便馬車
glue	[glu]	膠水

 ## 玩玩嘴上體操

Clean clams were crammed in clean cans.
乾淨的蚌被塞在乾淨的罐頭裡。

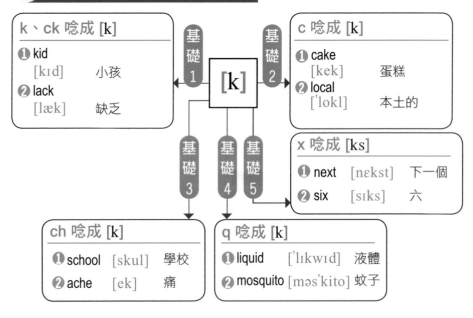

k、ck 唸成 [k]

❶ kid
　[kɪd]　　小孩
❷ lack
　[læk]　　缺乏

基礎 1

[k]

基礎 2

c 唸成 [k]

❶ cake
　[kek]　　蛋糕
❷ local
　['lokl]　　本土的

基礎 3　基礎 4　基礎 5

x 唸成 [ks]

❶ next　[nɛkst]　下一個
❷ six　[sɪks]　六

ch 唸成 [k]

❶ school　[skul]　學校
❷ ache　[ek]　痛

q 唸成 [k]

❶ liquid　['lɪkwɪd]　液體
❷ mosquito [məs'kito] 蚊子

 1 填填看

先試著唸以下的單字，再把該字的音標寫下來：

1 click　　：[　　　　]（點閱）

2 kid　　：[　　　　]（孩子）

3 key　　：[　　　　]（鑰匙）

4 kiwi　　：[　　　　]（奇異果）

5 luck　　：[　　　　]（運氣）

6 sock　　：[　　　　]（襪子）

7 clerk　　：[　　　　]（店員）

答案1.[klɪk] 2.[kɪd] 3.[ki] 4.['kɪwɪ] 5.[lʌk] 6.[sɑk] 7.[klɝk]

2 玩玩看

小火車接龍：每一輛火車的字母跟後一輛火車的第一個字母是要一樣的！找出這些字並填上去，這樣小火車才會重新連結起來。

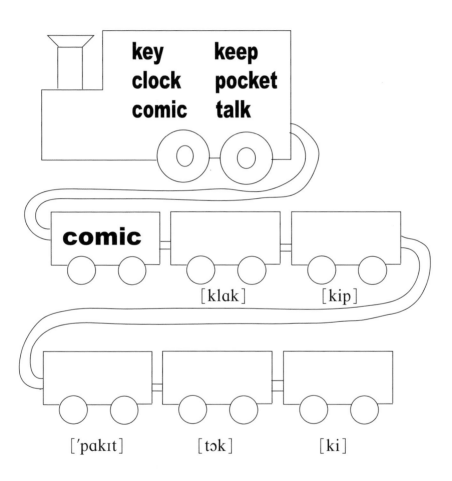

key keep
clock pocket
comic talk

comic

[klɑk] [kip]

[ˈpɑkɪt] [tɔk] [ki]

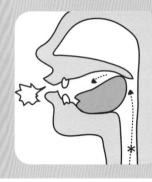

6 [g]的發音

「咯咯咯」小雞快
來吃米喔!

 怎麼發音呢

[g]的發音位置跟[k]很相近。首先同樣將舌頭後面抵住軟顎,再將舌
頭放下,讓氣流沿著空隙衝出,同時記得振動聲帶,發出的音就是[g]
囉!

CD

track
23

 邊聽邊練習單字跟句子的發音喔

<大聲唸出單字喔>

❶ girl	[gɝl]	女孩	❹ leg	[lɛg]	腿
❷ gaze	[gez]	凝望	❺ hug	[hʌg]	擁抱
❸ gift	[gɪft]	禮物	❻ finger	[ˈfɪŋgɚ]	手指

<大聲唸出句子喔>

❶ Maggie ate an egg.
梅琪吃了一顆蛋。

❷ God gave the girl a gift.
上帝給了女孩一個天賦。

❸ The greedy goat got a bug.
貪心的山羊只得到一隻蟲。

94

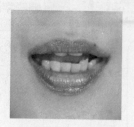

[g]

 比較[g]跟[k]的發音

[g]和[k]的不同點是：[k]是無聲子音，不需振動聲帶，像是用氣音說出注音的ㄎ，而[g]是有聲子音，需振動聲帶，發音類似注音ㄍ。請比較看看無聲和有聲的不同。

CD

track
23

	[g]			[k]	
❶ go	[go]	去	call	[kɔl]	打電話
❷ get	[gɛt]	得到	cat	[kæt]	貓
❸ glass	[glæs]	玻璃	class	[klæs]	班級
❹ bag	[bæg]	袋子	back	[bæk]	後面

 玩玩嘴上體操

The great Greek grape growers grow great Greek grapes.

偉大的希臘葡萄農夫，種植出巨大的希臘葡萄。

95

10倍速音標記憶網——哪些字母或字母組合唸成[g]

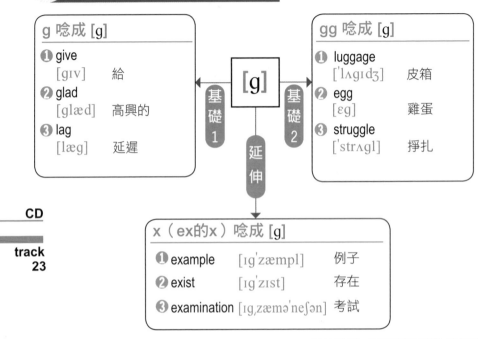

g 唸成 [g]

❶ give
[gɪv]　　給

❷ glad
[glæd]　　高興的

❸ lag
[læg]　　延遲

gg 唸成 [g]

❶ luggage
[ˈlʌgɪdʒ]　　皮箱

❷ egg
[ɛg]　　雞蛋

❸ struggle
[ˈstrʌgl]　　掙扎

[g]

基礎1　　基礎2

延伸

x（ex的x）唸成 [g]

❶ example　　[ɪgˈzæmpl]　　例子

❷ exist　　[ɪgˈzɪst]　　存在

❸ examination [ɪgˌzæməˈneʃən] 考試

CD

track
23

1 聽聽看

第一遍邊聽邊跟著唸，第二遍請選出聽到的單字，然後在方格內打勾。

1 ☐ gap （缺口）　　☐ cap （棒球帽）
2 ☐ leg （腳）　　☐ lap （大腿）
3 ☐ gain （得到）　　☐ can （可以）
4 ☐ grape （葡萄）　　☐ clay （黏土）
5 ☐ garden （花園）　　☐ harden （變硬）
6 ☐ goal （目標）　　☐ call （呼叫）
7 ☐ game （遊戲）　　☐ camp （露營）

答案 1. gap 2. lap 3. can 4. grape 5. garden 6.call 7. game

2 玩玩看

下圖藏了四隻動物，請找出牠們並把牠們的名字寫在下面的空格裡。

1 [fɪʃ] ☐☐☐☐

2 [bɝd] ☐☐☐☐

3 [taɪgɚ] ☐☐☐☐☐

4 [ˈɪgl] ☐☐☐☐☐

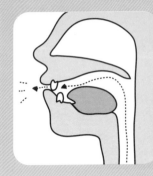

7 [f] 的發音

好舒服的泡澡
喔！「福～」！

福

 怎麼發音呢

CD

track
24

要發出[f]的音，首先要先將上排牙齒放在下唇上，接著留下一條細微的空隙，當氣流沿著這條空隙流出來時，會與牙齒和嘴唇產生摩擦，這時不要振動聲帶，來發出[f]音。想想看中文的「ㄈ」牙齒怎麼放就知道囉！

 邊聽邊練習單字跟句子的發音喔

<大聲唸出單字喔>

❶ fee	[fi]	費用		❹ leaf	[lif]	葉子
❷ fix	[fɪks]	修理		❺ knife	[naɪf]	刀子
❸ five	[faɪv]	五		❻ afraid	[əˈfred]	害怕

<大聲唸出句子喔>

❶ Don't feed the fish.
　　　　　不要餵魚！

❷ My father found it funny.
　　　　　爸爸覺得那很有趣。

❸ Let's talk face to face.
　　　　　我們來面對面地談。

[f]

 比較 [f] 跟 [v] 的發音

[f]和[v]都是上齒抵住下嘴唇所發出的摩擦音，不同點是[f]是無聲子音，不需振動聲帶，像是用氣音說出國字「福」，而[v]是有聲子音，需要振動聲帶。

	[f]			[v]	
❶ fat	[fæt]	胖	vet	[vɛt]	獸醫
❷ fan	[fæn]	電扇	van	[væn]	箱型車
❸ fine	[faɪn]	很好	vine	[vaɪn]	葡萄藤
❹ leaf	[lif]	葉子	leave	[liv]	離開

 玩玩嘴上體操

Friendly Frank flips fine flapjacks.
友善的法蘭克，翻了翻不錯的厚煎餅。

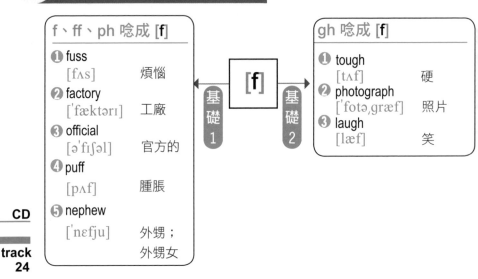

10倍速音標記憶網—— 哪些字母或字母組合唸成[f]

f、ff、ph 唸成 [f]

① fuss
   [fʌs]　　　煩惱
② factory
   [ˈfæktərɪ]　工廠
③ official
   [əˈfɪʃəl]　官方的
④ puff
   [pʌf]　　　腫脹
⑤ nephew
   [ˈnɛfju]　　外甥；
   　　　　　　外甥女

[f]

基礎1　基礎2

gh 唸成 [f]

① tough
   [tʌf]　　　硬
② photograph
   [ˈfotəˌgræf]　照片
③ laugh
   [læf]　　　笑

1 聽聽看

聽聽看，請把聽到的單字用音標表示出來。

1（far）　　　（遠的）　→ [　　　　　]
2（after）　　（之後）　→ [　　　　　]
3（fly）　　　（飛翔）　→ [　　　　　]
4（knife）　　（刀子）　→ [　　　　　]
5（gift）　　　（禮物）　→ [　　　　　]
6（safe）　　（安全的）→ [　　　　　]
7（cliff）　　　（懸崖）　→ [　　　　　]
8（French fries）（薯條）→ [　　　　　]

答案1.[fɑr]2.[ˈæftɚ]3.[flaɪ]4.f[naɪf]5.[gɪft]6.[sef] 7.[klif]8.[frɛntʃ fraɪz]

CD
────
**track
24**

100

2 玩玩看

請將ph或gh當成音符填進去,譜成一首美麗的樂曲。

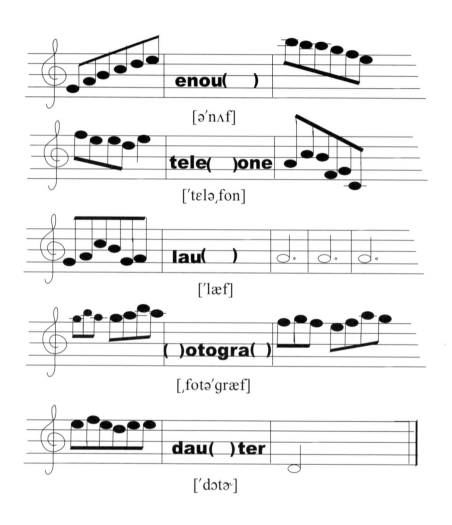

enou(　　)

[ə'nʌf]

tele(　　)one

['tɛlə͵fon]

lau(　　)

['læf]

(　　)otogra(　　)

[͵fotə'græf]

dau(　　)ter

['dɔtɚ]

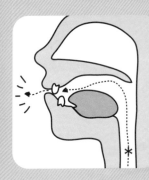

8 [v]的發音

考100分耶
「v」！

 怎麼發音呢

[v]跟[f]的發音位置很相近。首先同樣將上排牙齒放在下唇上，接著留下空隙，使氣流通過空隙時與唇齒產生摩擦，不同的是要確實振動聲帶，這樣發出的音就是[v]了。

CD

track
25

 邊聽邊練習單字跟句子的發音喔

＜大聲唸出單字喔＞

❶ vet　　[vɛt]　　獸醫
❷ view　　[vju]　　景色
❸ visit　　[ˈvɪzɪt]　拜訪
❹ vivid　　[ˈvɪvɪd]　生動
❺ violin　　[ˌvaɪəˈlɪn]　小提琴
❻ eleven　　[ɪˈlɛvən]　十一

＜大聲唸出句子喔＞

❶ Very good!
　　　　　很好！
❷ I heard her voice.
　　　　　我聽到了她的聲音。
❸ The vase vanished.
　　　　　花瓶消失了。

[v]

 比較[v]跟[f]的發音

[v]和[f]不同點是：[v]是有聲子音，需振動聲帶，像是下唇先用上齒擋住後，再輕輕彈出發中文的「福」。[f]不需振動聲帶，像是用氣音說出國字「福」。

CD

track
25

	[v]			[f]	
❶ give	[gɪv]	給	gift	[gɪft]	禮物
❷ convince	[kənˈvɪns]	使相信	confide	[kənˈfaɪd]	信任
❸ view	[vju]	景觀	few	[fju]	很少
❹ vase	[ves]	花瓶	face	[fes]	臉

 玩玩嘴上體操

**Vincent vowed vengeance
very vehemently.**
文森非常激動，發誓一定
要報仇。

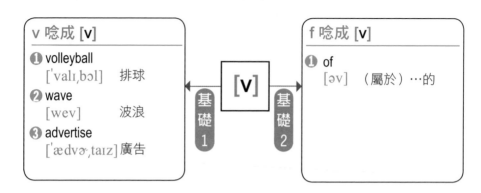

v 唸成 [v]

❶ volleyball
['vɑlɪ,bɔl]　排球
❷ wave
[wev]　　　波浪
❸ advertise
['ædvɚ,taɪz]廣告

[v]

基礎1

基礎2

f 唸成 [v]

❶ of
[əv]　（屬於）…的

1 寫寫看

請先試著將以下的單字唸出聲來，再用音標表示出來。

1 violin →[　　]
（小提琴）

2 live →[　　]
（居住）

3 vanity →[　　]
（虛榮）

4 various →[　　]
（多樣的）

5 voice →[　　]
（聲音）

6 vow →[　　]
（誓言）

7 visit →[　　]
（拜訪）

答案1.[vaɪə'lɪn]2.[lɪv]3.['vænətɪ] 4.['vɛrɪəs] 5.[vɔɪs]6.[vaʊ] 7.['vɪzɪt]

2 玩玩看

影印機：將原本的單字卡送進影印機之後，不但數量變多了，連[f]都變成[v]了呢！請寫出以下單字的複數形。

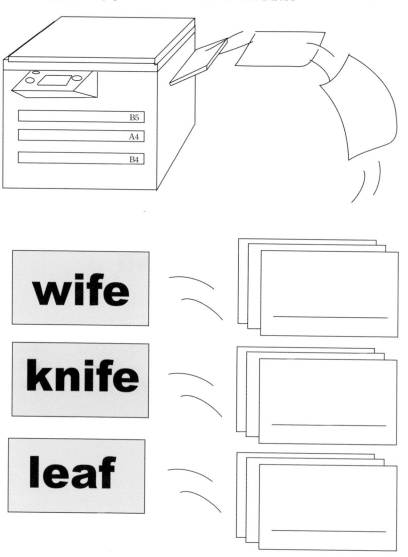

wife

knife

leaf

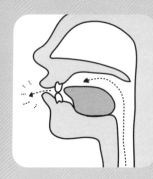

9 [s] 的發音

哇!輪胎破了「s」!

怎麼發音呢

[s]跟中文的「ㄙ」發音類似,將舌頭前端放在上牙齦後面,但是留下一絲空隙,此時不要振動聲帶,使氣流緩緩流出與空隙產生摩擦。維持這個姿勢吸氣,如果感覺到上排牙齒後面涼涼的才是正確的。

邊聽邊練習單字跟句子的發音喔

<大聲唸出單字喔>

❶ see	[si]	看見	❹ miss	[mɪs]	想念
❷ hiss	[hɪs]	嘶嘶聲	❺ rice	[raɪs]	米飯
❸ sick	[sɪk]	生病	❻ circle	['sɝkl]	圓圈

<大聲唸出句子喔>

❶ See you!

掰掰!

❷ Sit down.

坐下!

❸ This place is peaceful.

這地方真安靜。

[s]

 比較 [s] 跟 [ʃ] 的發音

[s] 和 [ʃ] 都是無聲摩擦音，不同點在：[s] 是將舌頭前端放在上牙齦後面發聲，像用氣音說出國字「嘶」，而 [ʃ] 是將嘴巴微微嘟起，氣流從舌頭與硬顎間的空隙流出。

CD

track 26

	[s]			[ʃ]	
❶ soap	[sop]	肥皂	shop	[ʃɑp]	商店
❷ gas	[gæs]	瓦斯	gosh	[gɑʃ]	天呀
❸ sigh	[saɪ]	嘆息	shy	[ʃaɪ]	害羞
❹ so	[so]	所以	show	[ʃo]	表演

 玩玩嘴上體操

Silly Sally swiftly shooed seven silly sheep.
傻楞楞的紗麗，把七隻傻呆呆的綿羊噓走。

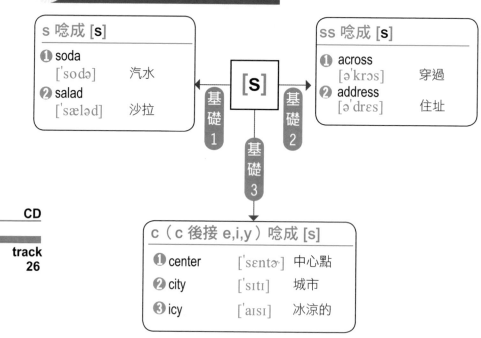

10倍速音標記憶網——哪些字母或字母組合唸成[s]

s 唸成 [s]

❶ soda
['sodə]　　汽水
❷ salad
['sæləd]　　沙拉

ss 唸成 [s]

❶ across
[ə'krɔs]　　穿過
❷ address
[ə'drɛs]　　住址

[s]

基礎 1

基礎 2

基礎 3

c（c 後接 e,i,y）唸成 [s]

❶ center　　['sɛntɚ]　　中心點
❷ city　　　['sɪtɪ]　　城市
❸ icy　　　['aɪsɪ]　　冰涼的

CD

track
26

1 聽聽看

聽聽看，根據你聽到的句子，在括號中圈出正確的單字喔！

1 Let's (thing / sing) together.

2 I (saw / thought) a rabbit running over.

3 I don't (think / sink) this is a good idea.

4 Excuse me, how do I get to the (fourth / force) floor?

5 We have the (same / shame) name.

答案1.sing 2.saw 3.think 4.fourth 5.same

Jeffery今天放學之後，要到超市幫媽媽買東西，但是他不知道路標怎麼看，請你告訴他。

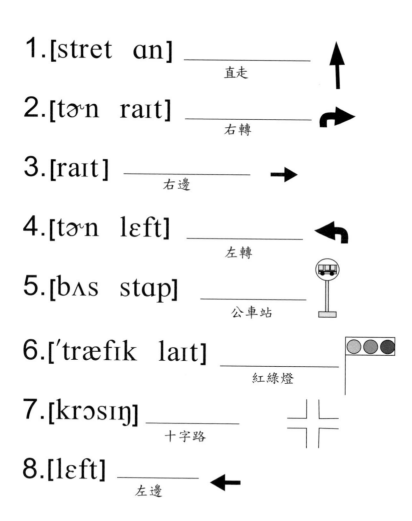

1. [stret ɑn] _____
   直走

2. [tɚn raɪt] _____
   右轉

3. [raɪt] _____
   右邊

4. [tɚn lɛft] _____
   左轉

5. [bʌs stɑp] _____
   公車站

6. [ˈtræfɪk laɪt] _____
   紅綠燈

7. [krɔsɪŋ] _____
   十字路

8. [lɛft] _____
   左邊

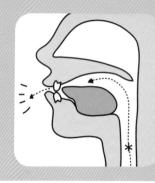

10 [z] 的發音

蚊子在飛「ZZZ」！

 怎麼發音呢

[z]的發音位置跟[ʃ]十分相像。同樣將舌頭前端放在上排牙齒齒齦後面，留下一條空隙，使氣流從空隙緩緩流出，同時振動聲帶所發出的音就是[z]囉！

 邊聽邊練習單字跟句子的發音喔

＜大聲唸出單字喔＞

❶ zoo   [zu]   動物園
❷ size   [saɪz]   尺寸
❸ zebra   [ˈzibrə]   斑馬
❹ please   [pliz]   請
❺ cheese   [tʃiz]   起士
❻ nose   [noz]   鼻子

＜大聲唸出句子喔＞

❶ Zip your zipper.
　　　　　　拉上拉鍊。
❷ Kids love the zoo.
　　　　　　孩子喜歡動物園。
❸ He is busy as a bee.
　　　　　　他很忙碌。

[z]

 ## 比較[z]跟[s]的發音

[z]和[s]都是是將舌頭前端放在上排牙齦後面發聲,不同點是[z]是有聲子音,需振動聲帶,像是在模仿電流通過的聲音,而[s]是無聲子音,像用氣音說出國字「嘶」。

CD

track
27

	[z]			[s]	
❶ zip	[zɪp]	拉拉鍊	sip	[sɪp]	啜飲
❷ sirs	[sɝz]	男士(複數)	sits	[sɪts]	坐
❸ choose	[tʃuz]	選擇(動詞)	choice	[tʃɔɪs]	選擇
❹ lose	[luz]	輸	loose	[lus]	鬆的

 ## 玩玩嘴上體操

The zoo's zebra price is a nice price at that size.
動物園斑馬的價格,以那個大小來說,是個好價錢。

good

ZOO

111

10倍速音標記憶網──哪些字母或字母組合唸成[z]

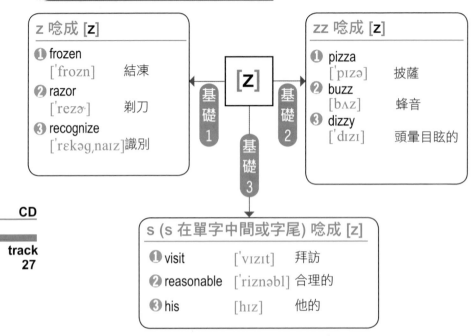

z 唸成 [z]

❶ frozen
['frozn]　　結凍
❷ razor
['rezɚ]　　剃刀
❸ recognize
['rɛkəg,naɪz]識別

[z]

基礎 1

基礎 2

基礎 3

zz 唸成 [z]

❶ pizza
['pɪzə]　　披薩
❷ buzz
[bʌz]　　蜂音
❸ dizzy
['dɪzɪ]　　頭暈目眩的

s (s 在單字中間或字尾) 唸成 [z]

❶ visit　　　　['vɪzɪt]　　拜訪
❷ reasonable　['riznəbl] 合理的
❸ his　　　　　[hɪz]　　　他的

CD

track
27

1 聽聽看

聽聽看，下列單字的第三人稱單數現在式(劃線部份)該發什麼音? 先跟著唸
一次，再將答案填到下面對應的空格裡。

allow<u>s</u>　　sing<u>s</u>　　cancel<u>s</u>　　name<u>s</u>　　see<u>s</u>　　stop<u>s</u>
jump<u>s</u>　　murder<u>s</u>　arrive<u>s</u>　　show<u>s</u>　　walk<u>s</u>
climb<u>s</u>　　play<u>s</u>　　offer<u>s</u>　　think<u>s</u>　　create<u>s</u>

[z]	
[s]	

答案[z]:allows; sings; cancels; names; sees; murders; arrives; shows; climbs; plays;

offers;creates [s]:stops; jumps; walks; thinks

2 玩玩看

猜猜看，下列與 [z] 有關的謎語指的是什麼人或東西？

1. I am animals' home in the city. What am I?
2. I am bad guys' home after they did bad things. What am I?
3. People like to listen to me. What am I?
4. I am married to a woman. Who am I?
5. I rule a country. Who am I?

1 ☐☐☐

[zu]

2 ☐☐☐☐☐

['prɪzn]

3 ☐☐☐☐☐

['mjuzɪkl]

4 ☐☐☐☐☐☐

['hʌzbənd]

5 ☐☐☐☐☐☐☐☐

['prɛzədənt]

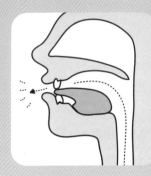

11 [θ] 的發音

嘴形像吹口香糖泡泡一樣。

 怎麼發音呢

[θ]的發音位置很特別，中文裡並沒有類似的發音，所以要多加練習喔。首先將舌頭前端放在上下牙齒中間，留下一點空隙，接著使氣流沿著空隙流出產生摩擦，此時不要振動聲帶，就是[θ]的發音囉！

 邊聽邊練習單字跟句子的發音喔

＜大聲唸出單字喔＞

❶ thick	[θɪk]	厚	❹ fifth	[fɪfθ]	第五
❷ thing	[θɪŋ]	東西	❺ north	[nɔrθ]	北方
❸ through	[θru]	通過	❻ path	[pæθ]	道路

＜大聲唸出句子喔＞

❶ Thank you!
　　　　　謝謝你！

❷ I am thirsty.
　　　　　我口渴了。

❸ The book is thin.
　　　　　書很薄。

114

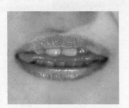

[θ]

比較 [θ] 跟 [s] 的發音

[θ]和[s]都是無聲子音，發音方法的差異在舌頭，請先發一個[s]，接著慢慢地將舌頭伸到牙齒中間，送氣不要中斷喔，這時發出的音就是[θ]囉！

CD

track
28

[θ]			[s]		
❶ thin	[θɪn]	瘦	sin	[sɪn]	罪
❷ teeth	[tiθ]	牙齒	this	[ðɪz]	這個
❸ thick	[θɪk]	厚	sick	[sɪk]	生病
❹ path	[pæθ]	道路	pass	[pæs]	通過

玩玩嘴上體操

I thought a thought.
But the thought I thought
wasn't the thought
I thought I thought.
我想到一個想法，
但我想到的這個想法並不是
我以為自己想到的那個想法。

115

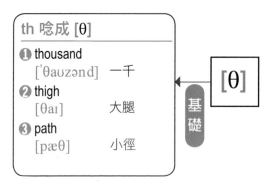

th 唸成 [θ]

❶ thousand
  [ˈθauzənd]　一千
❷ thigh
  [θaɪ]　大腿
❸ path
  [pæθ]　小徑

[θ]

基礎

CD

track
28

1 聽聽看

改錯練習：下面的單字有些拼錯了，請在聽過CD發音後，在正確的單字後面空格打O。在錯的單字後面的空格打X，並填上正確的單字。

1 tees →__ _____(teeth)
　（牙齒）

5 sick →__ _____(thick)
　（厚的）

2 three →__ _____(three)
　（三）

6 bass →__ _____(bath)
　（洗澡）

3 pass →__ _____(path)
　（小徑）

7 sink →__ _____(think)
　（思考）

4 thank →__ _____(thank)
　（謝謝）

答案1.×,teeth 2.○ 3.×,path 4.○ 5.×,thick 6.×,bath 7.×,think

2 玩玩看

學過音標當然要知道自己到底記了多少，那麼就來看看左邊的音標，
它們各是那些單字呢？

1 [ˈbɝθˌde]

2 [hɛlθ]

3 [mʌnθ]

4 [brɛθ]

5 [ɝθ]

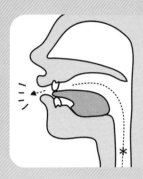

12 [ð] 的發音

舌頭被上下牙齒咬
住「了」啦！

 怎麼發音呢

[ð]的發音位置與[θ]相當類似。舌頭前端放在上下齒中間，留下一點空
隙，接著使氣流沿著空隙流出產生摩擦，摩擦的同時振動聲帶，就能
發出漂亮的[ð]囉！不管是[θ]還是[ð]，通常拼音上都以 th 表示。

 邊聽邊練習單字跟句子的發音喔

< 大聲唸出單字喔 >

❶ this 　　[ðɪs] 　　這個
❷ clothe 　[kloð] 　　衣服
❸ weather [ˈwɛðɚ] 　天氣
❹ there 　 [ðɛr] 　　那裡
❺ other 　 [ˈʌðɚ] 　　其餘的
❻ without 　[wɪðˈaʊt] 　沒有

< 大聲唸出句子喔 >

❶ These are their clothes.
　　　　　　這些是他們的衣服。
❷ They went to the theater.
　　　　　　他們去了電影院。
❸ This is it.
　　　　　　我們到了。

[ð]

 比較[ð]跟[θ]的發音

[ð]和[θ]都是舌頭放在牙齒中間所發出的摩擦音，不同點在：[ð]是有聲子音，而[θ]是無聲子音。請先發一個[z]，接著慢慢地將舌頭伸到牙齒中間，送氣不要中斷喔，這時發出的音就是[ð]喔！

CD

**track
29**

	[ð]				[θ]		
❶	this	[ðɪs]	這是		thin	[θɪn]	瘦
❷	them	[ðɛm]	他們		think	[θɪŋk]	思考
❸	than	[ðæn]	比較		thank	[θæŋk]	謝謝
❹	though	[ðo]	雖然		thought	[θɔt]	想到

 玩玩嘴上體操

**The Smothers brothers' father's
mother's brothers are
the Smothers brothers' mother's
father's other brothers.**

史瑪德兄弟的爸爸的母親的兄弟是
史瑪德兄弟的媽媽的父親的其他兄弟。

119

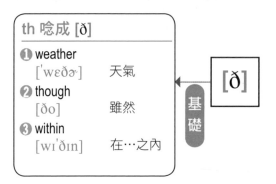

th 唸成 [ð]

❶ weather
　　['wɛðɚ]　　天氣
❷ though
　　[ðo]　　雖然
❸ within
　　[wɪ'ðɪn]　　在…之內

基礎

[ð]

CD

track
29

1 聽聽看

聽聽看，下列單字劃線部份相同，發音卻是不同的喔！請將單字填入下面對應的空格中。

without	the	thank	breathe	worth	month
earth	either	cloth	mother	thought	
together	theater	teeth	their	mouth	throw

1.this	
2.thin	

答案 1.without; the; breathe; either; mother; together; their 2.thank; worth; month; earth; cloth; thought; theater; teeth; mouth; throw

2 玩玩看

這是小明家的祖譜，請在空格上填上適當的稱謂，幫小明完成他家的祖譜。

['græn,fɑðɚ]　　　　　['grænd,mʌðɚ]

['fɑðɚ]　　　　　['mʌðɚ]

['brʌðɚ]　　　　　**me**

121

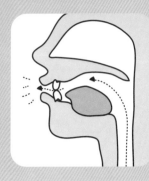

13 [ʃ] 的發音

不要吵啦！
「噓～」。

噓～

怎麼發音呢

[ʃ]的形狀跟發音都像是要求別人安靜的「噓～」。首先將嘴唇微微嘟出，像吹蠟燭一樣，舌頭前端靠近硬顎，也就是比[s][z]更往後的位置。接著使氣流沿著舌頭與硬顎間的空隙流出產生摩擦，不要振動聲帶所發出的音就是[ʃ]囉！

CD

track
30

邊聽邊練習單字跟句子的發音喔

＜大聲唸出單字喔＞

❶ she   [ʃi]   她
❷ fish   [fɪʃ]   魚
❸ shirt   [ʃɝt]   襯衫

❹ shop   [ʃɑp]   商店
❺ cashier   [kæˈʃɪr]   收銀員
❻ sure   [ʃur]   當然

＜大聲唸出句子喔＞

❶ Sheep are shy.
綿羊很害羞。

❷ She likes shopping.
她喜愛購物。

❸ The shoes were washed.
鞋子已經洗乾淨了。

122

[ʃ]

 比較[ʃ]跟[tʃ]的發音

[ʃ]和[tʃ]都是氣流沿著舌頭與硬顎間的空隙流出產生的摩擦音，兩者同樣都是無聲子音，只不過[ʃ]類似中文的「噓」，而[tʃ]類似用氣音說中文的「去」。

CD

track
30

	[ʃ]			[tʃ]	
❶ sheep	[ʃip]	羊	cheap	[tʃip]	便宜
❷ share	[ʃɛr]	分享	chair	[ˈtʃɛr]	椅子
❸ shop	[ʃɑp]	商店	chop	[tʃɑp]	切
❹ wash	[wɑʃ]	清洗	watch	[wɑtʃ]	手錶

 玩玩嘴上體操

She sells seashells by the seashore.
The shells she sells are surely seashells.

她在海邊賣貝殼，
她賣的殼絕對是貝殼。

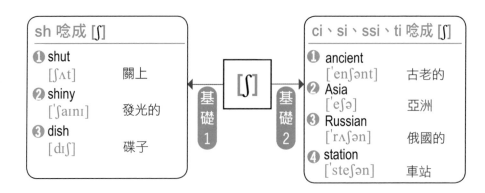

10倍速音標記憶網——哪些字母或字母組合唸成 [ʃ]

sh 唸成 [ʃ]

❶ shut
　　[ʃʌt]　　　關上
❷ shiny
　　[ˈʃaɪnɪ]　　發光的
❸ dish
　　[dɪʃ]　　　碟子

[ʃ]

基礎 1

基礎 2

ci、si、ssi、ti 唸成 [ʃ]

❶ ancient
　　[ˈenʃənt]　　古老的
❷ Asia
　　[ˈeʃə]　　　亞洲
❸ Russian
　　[ˈrʌʃən]　　俄國的
❹ station
　　[ˈsteʃən]　　車站

1 填填看

請先試著將以下的單字唸出聲來，再用音標表示出來，

1 sheep →[　　]
　（羊）

2 shy →[　　]
　（害羞的）

3 dish →[　　]
　（盤子）

4 vanish →[　　]
　（消失）

5 fish →[　　]
　（魚）

6 show →[　　]
　（表現）

7 push →[　　]
　（推）

答案1.[ʃip] 2.[ʃaɪ] 3.[dɪʃ] 4.[ˈvænɪʃ] 5.[fɪʃ] 6.[ʃo] 7.[pʊʃ]

2 玩玩看

小迷糊忘了帶眼鏡去上課，結果把ch與sh搞混了。請你幫小迷糊找出發[ʃ]的單字，並改正過來。

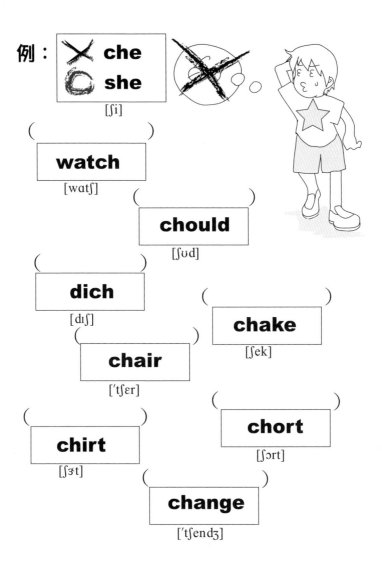

例： ~~che~~ ⟲she
[ʃi]

(　　　　　)
watch
[wɑtʃ]

(　　　　　)
chould
[ʃʊd]

(　　　　　)
dich
[dɪʃ]

(　　　　　)
chake
[ʃek]

(　　　　　)
chair
[ˈtʃɛr]

(　　　　　)
chirt
[ʃɝt]

(　　　　　)
chort
[ʃɔrt]

(　　　　　)
change
[ˈtʃendʒ]

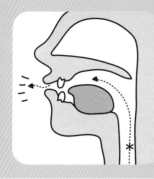

14 [ʒ] 的發音

「橘」子好好吃喔！

橘

 怎麼發音呢

CD

track
31

[ʒ]的發音位置跟[ʃ]很相似。同樣地將嘴唇微張往外嘟出，接著將舌頭靠近硬顎的位置，使氣流緩緩流出，與舌頭和硬顎間的空隙產生摩擦，記得要振動聲帶喔！維持同樣姿勢吸氣，硬顎部分涼涼的才是正確的喔！

 邊聽邊練習單字跟句子的發音喔

<大聲唸出單字喔>

❶ Asian   [eʒən]   亞洲人
❷ usual   [ˈjuʒʊəl]   經常的
❸ leisure   [ˈliʒɚ]   空閒

❹ garage   [gəˈrɑʒ]   車庫
❺ television [ˈtɛlə,vɪʒən] 電視
❻ casual   [ˈkæʒʊəl]   隨性的

<大聲唸出句子喔>

❶ Our treasure is in the garage.
　　　　　我們的寶物在車庫裡。

❷ It's hard to measure one's pressure.
　　　　　人的壓力很難估計。

❸ He usually watches television at leisure.
　　　　　他空閒時常看電視。

126

[ʒ]

比較[ʃ]跟[ʒ]的發音

[ʃ]和[ʒ]都是舌頭和硬顎間的空隙產生摩擦音,不同點是:[ʒ]是有聲子音,需要振動聲帶,而[ʃ]是無聲子音,不用振動聲帶,請感受看看振動聲帶所造成的差別喔。

	[ʒ]			[ʃ]	
❶ measure	[ˈmeʒɚ]	估計	pressure	[ˈprɛʃɚ]	壓力
❷ casual	[ˈkæʒʊəl]	隨性的	cash	[kæʃ]	現金
❸ Asian	[ˈeʒən]	亞洲人	ash	[æʃ]	灰
❹ vision	[ˈvɪʒən]	視力	mission	[ˈmɪʃən]	任務

玩玩嘴上體操

**The Asian usually watches
television at leisure.**
亞洲人通常在閒暇時間看電
視。

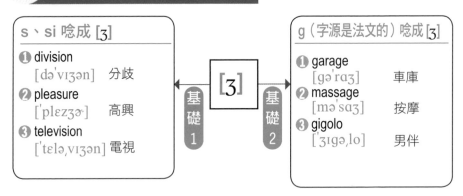

s、si 唸成 [ʒ]

❶ division
[dəˈvɪʒən] 分歧
❷ pleasure
[ˈplɛʒɚ] 高興
❸ television
[ˈtɛləˌvɪʒən] 電視

[ʒ]

基礎 1

基礎 2

g（字源是法文的）唸成 [ʒ]

❶ garage
[gəˈrɑʒ] 車庫
❷ massage
[məˈsɑʒ] 按摩
❸ gigolo
[ˈʒɪgəˌlo] 男伴

CD

track 31

1 聽聽看

請邊聽邊跟著唸，然後選出聽到的單字，並在方格內打勾。

1 ☐ garage （車庫）	☐ garbage （垃圾）
2 ☐ leisure （休閒）	☐ leather （皮革）
3 ☐ measure （測量）	☐ method （方法）
4 ☐ Asia （亞洲）	☐ ask （問）
5 ☐ precious （珍貴的）	☐ pressure （壓力）
6 ☐ casual （休閒的）	☐ castle （城堡）

答案 1. garage 2. leather 3. measure 4.Asia 5. pressure 6. casual

下課了！幾個字母好朋友到戶外練習傳球，卻發現他們的傳球路徑可以拼成單字呢！請你依序找出這些單字。

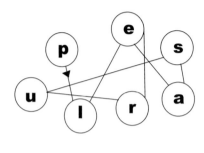

_____

[ˈplɛzɚ]

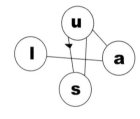

_____

[ˈjuʒʊəl]

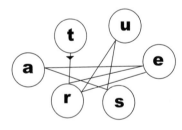

_____

[ˈtrɛʒɚ]

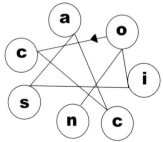

_____

[əˈkeʒən]

15 [tʃ] 的發音

叫你別跟，回去「去」！

去！

怎麼發音呢

[tʃ]的發音位置雖然跟[ʃ][ʒ]相同，發音方式卻很特別。首先同樣將舌頭靠近硬顎的位置，發音時要先將氣流留在口腔裡一會兒，讓氣流受到一點阻礙，再與空隙產生摩擦流出，此時不要振動聲帶，所發出的音就是[tʃ]囉。

CD

track 32

邊聽邊練習單字跟句子的發音喔

<大聲唸出單字喔>

❶ child [tʃaɪld] 小孩
❷ cheek [tʃik] 臉頰
❸ teach [titʃ] 教學
❹ kitchen [ˈkɪtʃən] 廚房
❺ picture [ˈpɪktʃɚ] 圖片
❻ watch [watʃ] 手錶

<大聲唸出句子喔>

❶ Cheer up!
開心點！

❷ He teaches Chinese.
他教中文。

❸ Cheese and cherries match perfectly.
起士和櫻桃口味很搭。

[tʃ]

 ## 比較 [tʃ] 跟 [dʒ] 的發音

[tʃ]和 [dʒ]都是氣流沿著舌頭與硬顎流出而產生的摩擦音,不同點在於:[tʃ]是無聲子音,類似用氣音說中文的「去」。而 [dʒ]是有聲子音,類似嘟著嘴巴說中文的「啾」。

CD

track
32

	[tʃ]			[dʒ]	
❶ March	[mɑrtʃ]	三月	merge	[mɝdʒ]	合併
❷ choose	[tʃuz]	選擇	juice	[dʒus]	果汁
❸ chat	[tʃæt]	聊天	jet	[dʒɛt]	噴射機
❹ cheap	[tʃip]	便宜	jeep	[dʒip]	吉普車

 ## 玩玩嘴上體操

**Cheryl's chilly cheap
chip shop sells Cheryl's
cheap chips.**
雪若的冷淡又便宜的洋芋片店
賣的是雪若的便宜洋芋片。

Cheryl's
chips!!!

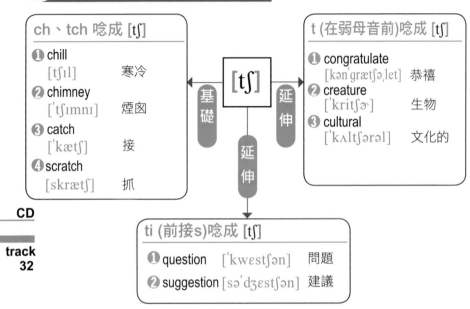

10倍速音標記憶網—哪些字母或字母組合唸成[tʃ]

ch、tch 唸成 [tʃ]

❶ chill
　[tʃɪl]　　寒冷
❷ chimney
　[ˈtʃɪmnɪ]　煙囪
❸ catch
　[ˈkætʃ]　　接
❹ scratch
　[skrætʃ]　抓

[tʃ]

基礎　延伸　延伸

t (在弱母音前)唸成 [tʃ]

❶ congratulate
　[kənˈgrætʃəˌlet]　恭禧
❷ creature
　[ˈkritʃɚ]　　生物
❸ cultural
　[ˈkʌltʃərəl]　文化的

ti (前接s)唸成 [tʃ]

❶ question　[ˈkwɛstʃən]　問題
❷ suggestion [səˈdʒɛstʃən]　建議

CD

track
32

1 聽聽看

聽聽看，根據你聽到的句子，在括號中選出正確的單字喔！

1 Where is my (wash / watch)?

2 There is a new (chop / shop).

3 Can you (choose / juice) for me?

4 Please bring me a (share / chair).

5 Let's (catch / cash) the ball.

答案1.watch 2.shop 3.choose 4.chair 5.catch

2 玩玩看

今天老師上課時發了五張單字卡，小迷糊卻不小心把一部份重疊在一起，請你幫小迷糊把重疊的單字卡分開。（提示：每個單字都含有[tʃ]的發音喔！）

futureachurcheapicture

[ˈfjutʃɚ]

[ritʃ]

church

[tʃɝtʃ]

[tʃip]

[ˈpɪktʃɚ]

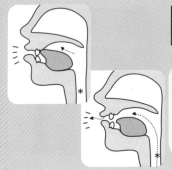

16 [dʒ] 的發音

給你香一個「啾～」。

啾 ♡

怎麼發音呢

[dʒ]與[tʃ]的發音方式相當類似。同樣是將舌頭靠近硬顎，接著把氣流留在口腔之中，使氣流受到一點阻礙後流出，並與舌頭和硬顎間的空隙產生摩擦，此時要振動聲帶，所發出的音就是 [dʒ]囉！

CD

track
33

邊聽邊練習單字跟句子的發音喔

<大聲唸出單字喔>

❶ job	[dʒɑb]	工作	❹ magic	[ˈmædʒɪk]	魔術
❷ gym	[dʒɪm]	體育館	❺ Japan	[dʒəˈpæn]	日本
❸ join	[dʒɔɪn]	參加	❻ page	[pedʒ]	頁數

<大聲唸出句子喔>

❶ Good job!
做得好！

❷ The giraffes are jogging.
長頸鹿在慢跑。

❸ The soldier has a large package.
那名軍人有個大包裹。

134

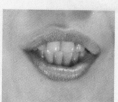

[dʒ]

 ## 比較 [dʒ] 跟 [tʃ] 的發音

[dʒ]和[tʃ]都是氣流從舌頭與硬顎間流出，產生的摩擦音，不同點在於：
[dʒ]是有聲子音，類似嘟著嘴的「啾」，[tʃ]是無聲子音不需振動聲帶。請感受兩者聲帶振動的差別。

CD

track
33

	[dʒ]			[tʃ]	
❶ gin	[dʒɪn]	琴酒	chin	[tʃɪn]	下巴
❷ jelly	[ˈdʒɛlɪ]	果凍	cherry	[ˈtʃɛrɪ]	櫻桃
❸ cage	[kedʒ]	籠子	catch	[ˈkætʃ]	接到
❹ juice	[dʒus]	果汁	choose	[tʃuz]	選擇

 ## 玩玩嘴上體操

The judge likes juice and jazz music.
那法官喜歡果汁和爵士樂。

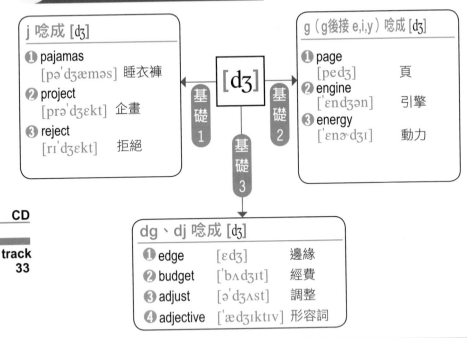

10倍速音標記憶網—— 哪些字母或字母組合唸成 [dʒ]

j 唸成 [dʒ]

❶ pajamas
[pəˈdʒæməs] 睡衣褲
❷ project
[prəˈdʒɛkt] 企畫
❸ reject
[rɪˈdʒɛkt] 拒絕

[dʒ]

基礎 1

基礎 2

基礎 3

g（g後接 e,i,y）唸成 [dʒ]

❶ page
[pedʒ] 頁
❷ engine
[ˈɛndʒən] 引擎
❸ energy
[ˈɛnɚˌdʒɪ] 動力

dg、dj 唸成 [dʒ]

❶ edge [ɛdʒ] 邊緣
❷ budget [ˈbʌdʒɪt] 經費
❸ adjust [əˈdʒʌst] 調整
❹ adjective [ˈædʒɪktɪv] 形容詞

1 聽聽看

聽聽看，將發音相同的填在對應的空格中。

bridge　　garage　　measure　　orange　　judge　　gentle
usual　　large　　decision　　huge　　manage
pleasure　　leisure　　gym　　vision　　unusual

1.cage	
2.casual	

答案1. bridge; orange; judge; gentle; large; huge; manage; gym 2. garage;
measure; usual; decision; pleasure; leisure; vision; unusual

2 玩玩看

[dʒ]很喜歡玩躲貓貓，現在換你當鬼，看下面哪些單字 g 發音[dʒ]，
把躲在 g 後面的[dʒ]圈出來。

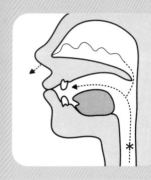

17 [m] 的發音

「嗯～」哪個好呢？

嗯

 怎麼發音呢

[m]的發音位置跟[p][b]一樣，都是將上下唇緊閉，只是[m]是將氣流留在口腔中，接著緊閉雙唇，使氣流從鼻腔衝出，就是[m]的發音了。當[m]在發音結尾時，像是 come 等，要以雙唇緊閉作為結尾喔！

 邊聽邊練習單字跟句子的發音喔

＜大聲唸出單字喔＞

❶ map　　[mæp]　　地圖
❷ mix　　[mɪks]　　混合
❸ mean　[min]　　意義
❹ come　[kʌm]　　來
❺ bomb　[bɑm]　　炸彈
❻ remember [rɪˈmɛmbɚ] 記得

＜大聲唸出句子喔＞

❶ Turn off the lamp.
　　　　　關上燈。
❷ Tom bumped into Tim.
　　　　　湯姆巧遇提姆。
❸ Mother got mad and screamed.
　　　　　媽媽生氣地尖叫。

[m]

 比較[m]跟[n]的發音

在發[m]和[n]都會有鼻音，但兩者除了都是有聲鼻音外，發音部位相差很多喔！[m]需要雙唇緊閉，再將氣流從鼻子送出，而[n]則是將舌尖頂在上牙齦，雙唇微開發音。

CD

track 34

	[m]				[n]		
❶	sum	[sʌm]	總和	sun	[sʌn]	太陽
❷	ham	[hæm]	火腿肉	hand	[hænd]	手
❸	mice	[mæɪs]	老鼠	nice	[naɪs]	良好
❹	moon	[mun]	月亮	noon	[nun]	中午

 玩玩嘴上體操

Mickey Mouse and Minnie Mouse are kids' dreams.
米老鼠和米妮都是小孩子的夢想。

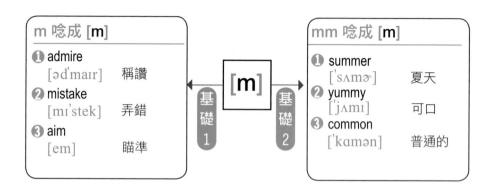

m 唸成 [m]

① admire
　[əd'maɪr]　稱讚
② mistake
　[mɪ'stek]　弄錯
③ aim
　[em]　瞄準

[m]

基礎1　基礎2

mm 唸成 [m]

① summer
　['sʌmɚ]　夏天
② yummy
　['jʌmɪ]　可口
③ common
　['kɑmən]　普通的

1 填填看

請在小方格內填入音標（括號中的單字發音），然後唸出聲來。

1 □□□ → (mean)
（意義）

5 □□□ →(mad)
（瘋狂）

2 □□□□ →(jam)
（果醬）

6 □□□ →(more)
（更多）

3 □□□ →(mom)
（媽媽）

7 □□□ →(him)
（他）

4 □□□□ →(blame)
（責怪）

140

答案1.[min]2.[dʒæm]3.[mɑm] 4.[blæm] 5.[mæd]6.[mɔr] 7.[hɪm]

2 玩玩看

〔mmm…〕，超好吃的菜餚要上桌了，只要根據音標把以下食材上的字母拼成正確的單字，填入空格，好吃的食物就完成了。

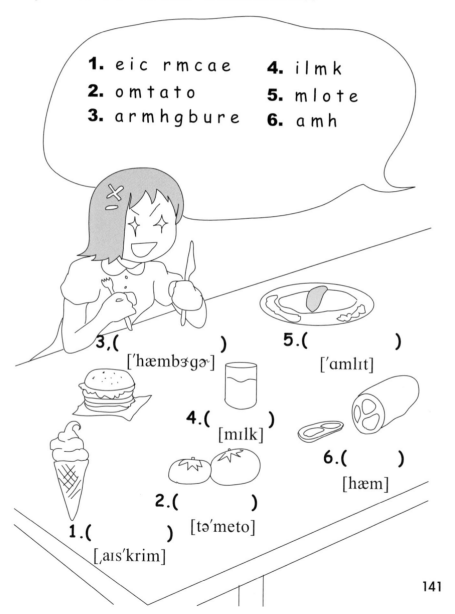

1. e i c r m c a e
2. o m t a t o
3. a r m h g b u r e
4. i l m k
5. m l o t e
6. a m h

3, (   )
[ˈhæmbɝgɚ]

5. (   )
[ˈɑmlɪt]

4. (   )
[mɪlk]

6. (   )
[hæm]

2. (   )
[təˈmeto]

1. (   )
[ˌaɪsˈkrim]

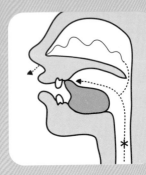

18 [n] 的發音

這本書很不錯「呢」！

呢

 怎麼發音呢

[n]的發音位置跟[t][d]相近，都是將舌頭前端放在上牙齦後面，使氣流在口腔中蓄勢待發，接著放開舌頭，使氣流從鼻腔衝出，就是[n]的發音了。

CD

track
35

 邊聽邊練習單字跟句子的發音喔

＜大聲唸出單字喔＞

❶ no   [no]   不
❷ net   [nɛt]   網子
❸ can   [kæn]   罐頭

❹ nine   [naɪn]   九
❺ winter   ['wɪntɚ]   冬天
❻ invite   [ɪn'vaɪt]   邀請

＜大聲唸出句子喔＞

❶ It is raining now.
現在正在下雨。

❷ It is windy in winter.
冬天風很大。

❸ We had wine after dinner.
我們晚餐後喝了紅酒。

[n]

比較 [n] 跟 [ŋ] 的發音

[n]和[ŋ]都是鼻音，但發音位置相差了很多喔！[n]是用舌端輕輕彈一下上排牙齦，有點類似中文「呢」，而[ŋ]是用舌頭根部抵住軟顎而發聲，類似注音的ㄥ。

CD

track
35

	[n]			[ŋ]	
❶ win	[wɪn]	贏	wing	[wɪŋ]	翅膀
❷ keen	[kin]	激烈	king	[kɪŋ]	國王
❸ sin	[sɪn]	罪	sing	[sɪŋ]	唱歌
❹ thin	[θɪn]	瘦的	thing	[θɪŋ]	事情

玩玩嘴上體操

Nine nice night nurses nursing nicely.
九個不錯的夜班護士很親切地護理病人。

10倍速音標記憶網——哪些字母或字母組合唸成[n]

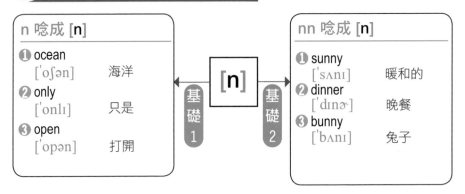

n 唸成 [n]		
❶ ocean ['oʃən]	海洋	
❷ only ['onlɪ]	只是	
❸ open ['opən]	打開	

[n]

基礎 1

基礎 2

nn 唸成 [n]		
❶ sunny ['sʌnɪ]	暖和的	
❷ dinner ['dɪnɚ]	晚餐	
❸ bunny ['bʌnɪ]	兔子	

CD

track
35

1 聽聽看

聽聽看，根據你聽到的句子，選出括號中正確的單字喔！

1 It is (raining / ringing) outside.

2 The (thing / thin) bothers him.

3 My favorite team never (wins / wings).

4 Here I (can / come).

5 Please turn in the paper before (nine / mine).

答案1.raining 2.thing 3.wins 4.come 5.nine

同花順：請將花色相同的字母組成同花順，猜猜看是什麼單字呢？

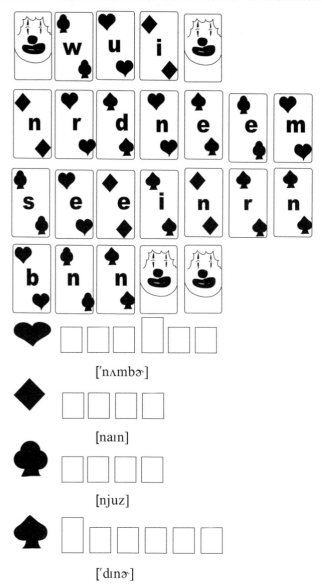

['nʌmbɚ]

[naɪn]

[njuz]

['dɪnɚ]

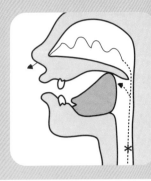

19 [ŋ] 的發音

「哼」大鑽石有什麼了不起！

 怎麼發音呢

CD

track
36

[ŋ]的發音位置跟[k][g]很接近，都是抬高後面的舌頭來抵住軟顎，使氣流留在口腔中，接著放開舌頭，使氣流從鼻腔衝出，此時振動聲帶，就是[ŋ]的發音了。這也難怪[ŋ]常常跟 k 或 g 放在一起呢！

 邊聽邊練習單字跟句子的發音喔

＜大聲唸出單字喔＞

❶ ink   [ɪŋk]   墨水   ❹ sing   [sɪŋ]   唱歌
❷ link   [lɪŋk]   連結   ❺ ring   [rɪŋ]   戒指
❸ drink   [drɪŋk]   喝   ❻ morning   [ˈmɔrnɪŋ]   早晨

＜大聲唸出句子喔＞

❶ The ring is pink.
戒指是粉紅色的。

❷ The king is singing.
國王正在唱歌。

❸ Bring the ink.
帶墨水來。

[ŋ]

 比較 [ŋ] 跟 [n] 的發音

[ŋ]跟[n]都是鼻音,但發音位置差了很多喔![n]是用舌端輕輕彈一下上牙齦,有點類似中文「呢」,而[ŋ]是用舌頭根部抵住軟顎而發聲,類似注音的ㄥ。

CD

track
36

	[ŋ]			[n]	
❶ sing	[sɪŋ]	唱歌	sin	[sɪn]	罪過
❷ pink	[pɪŋk]	粉紅	pin	[pɪn]	別針
❸ wing	[wɪŋ]	翅膀	win	[wɪn]	贏
❹ along	[əˈlɔŋ]	沿著	alone	[əˈlon]	孤獨

 玩玩嘴上體操

The king is singing on the pink swing in Beijing.

國王正在北京的一座粉紅鞦韆上唱歌。

Beijing

147

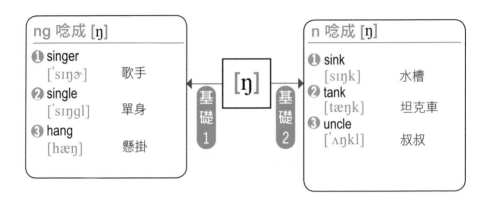

ng 唸成 [ŋ]

❶ singer
['sɪŋɚ] 歌手
❷ single
['sɪŋgl] 單身
❸ hang
[hæŋ] 懸掛

[ŋ]

基礎 1

基礎 2

n 唸成 [ŋ]

❶ sink
[sɪŋk] 水槽
❷ tank
[tæŋk] 坦克車
❸ uncle
['ʌŋkl] 叔叔

1 填填看

經過以上的練習，你是否注意到 [ŋ] 的獨特發音規則呢？請將劃線部份發音相同的單字填在對應的空格裡。小心！有些單字沒有空格可以對應喔！

thi**n**k   wi**n**d   hu**n**gry   a**n**gle   ta**n**k   fi**n**ger

wi**ng**   a**n**gry   la**n**d   ha**n**dsome

tha**n**k   li**n**k   hu**n**dred   i**n**k   lo**ng**   tru**n**k

1.si**ng**er	
2.si**n**k	

答案1. wing; angry; 2. think; tank; thank; link; ink; trunk;hungry; angle; finger;long

148

學過音標當然要知道自己到底記了多少，那麼就來看看左邊的音標，它們各是那些單字呢？

1 [strɔŋ] □□□□□□

2 [θɪŋk] □□□□□□

3 [rɔŋ] □□□□□

4 [drɪŋk] □□□□□

5 [θæŋk] □□□□□

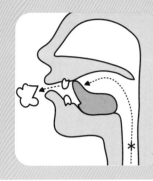

20 [l] 的發音

人家不要喝
「了」啦!

 怎麼發音呢

[l]的發音跟中文的「ㄌ」類似,是將舌頭前端抵在上齒齦後面,然後振動聲帶,讓氣流緩緩的從舌頭兩邊流出,所以叫做「邊音」。當[l]在字尾時,像是 pull,別忘了最後舌頭要稍微碰到齒齦後面喔!

 邊聽邊練習單字跟句子的發音喔

<大聲唸出單字喔>

❶ lie	[laɪ]	謊言	❹ gold	[gold]	黃金
❷ lot	[lɑt]	籤	❺ pull	[pʊl]	拉
❸ play	[ple]	玩耍	❻ dollar	[ˈdɑlɚ]	元

<大聲唸出句子喔>

❶ Wait in line, please.
　　　　　　請排隊!
❷ Listen carefully to me.
　　　　　　仔細聽我說。
❸ The girl played with the doll.
　　　　　　小女孩在玩洋娃娃。

150

[l]

比較[l]跟[r]的發音

[l]和[r]都是有聲子音，但[r]是捲舌音，發音不同點在兩者舌頭位置。

[l]是將舌頭前端抵在上齒齦後面。而[r]要將舌尖後捲到更後面。

CD

track
37

	[l]			[r]	
❶ late	[let]	遲到	rate	[ret]	匯率
❷ fly	[flaɪ]	飛	fry	[fraɪ]	煎
❸ till	[tɪl]	直到	tear	[tɪr]	淚水
❹ play	[ple]	玩	pray	[pre]	祈禱

玩玩嘴上體操

**Lovely lemon liniment
lightens Lily's left leg.**
好用的檸檬藥膏讓莉莉的左腳
舒服多了。

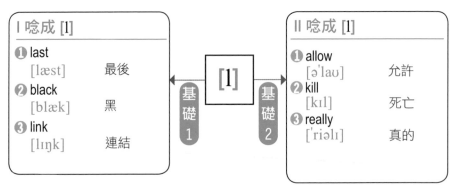

10倍速音標記憶網——哪些字母或字母組合唸成[l]

I 唸成 [l]

1. last
   [læst]　　最後
2. black
   [blæk]　　黑
3. link
   [lɪŋk]　　連結

[l]

基礎 1

基礎 2

II 唸成 [l]

1. allow
   [əˈlaʊ]　　允許
2. kill
   [kɪl]　　死亡
3. really
   [ˈrɪəlɪ]　　真的

CD

track 37

---

1 聽聽看

下面的單字有些和CD上唸的不同，請在聽過CD後，在正確的單字後面空格處打O，在錯的單字後面的空格處打X，並填上正確的單字。

1 tree　→__ _____
2 lead　→__ _____
3 play　→__ _____
4 rank　→__ _____

5 blue　→__ _____
6 well　→__ _____
7 jelly →__ _____

答案1.o 2.x; read 3.x;pray 4.o
　　 5.x;brew 6.x;were 7.x;Jerry

2 玩玩看

放長線釣大魚：請你看看要用幾個[1]當魚餌才能把魚釣起來，變成一個完整的單字呢？注意喔！魚會吃順序較前面的餌喔！

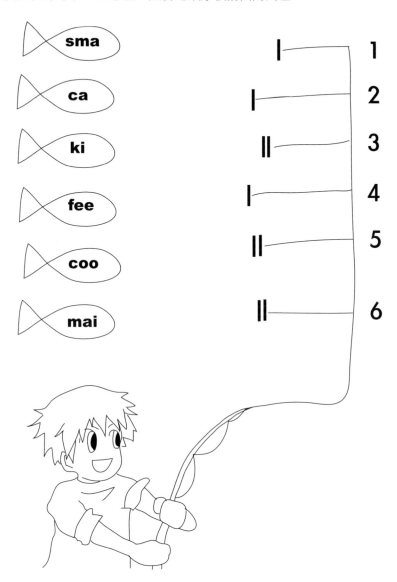

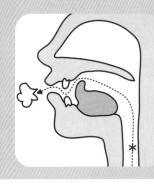

21 [r] 的發音

耶！來「rock」一下吧！

 怎麼發音呢

[r]又叫捲舌音。首先將舌頭中間部分微微凹下去，接著將舌尖稍微往後捲起，此時振動聲帶所發出的音就是[r]囉！當[r]在母音前面時，例如 red，嘴唇要像吹蠟燭一樣嘟成圓形；當[r]在母音後面時，像是 war，發音就很像「ㄦ」呢！

 邊聽邊練習單字跟句子的發音喔

＜大聲唸出單字喔＞

❶ red   [rɛd]   紅色
❷ try   [traɪ]   嘗試
❸ war   [wɔr]   戰爭

❹ fear   [fɪr]   害怕
❺ rage   [redʒ]   生氣
❻ parent   [ˈpɛrənt]   父母

＜大聲唸出句子喔＞

❶ I am all ears.
　　　　　　我洗耳恭聽。
❷ Red represents rage.
　　　　　　紅色代表憤怒。
❸ Don't cry over spilt milk.
　　　　　　覆水難收。

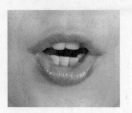

[r]

 比較 [r] 跟 [l] 的發音

[r]和[l]都是有聲子音，但[r]是捲舌音，不同點在兩者舌頭位置。[l]是
將舌頭前端抵在上排齒齦後面，類似注音的ㄌ。而[r]要將舌尖後捲到更
後面，類似注音的ㄦ。

CD

**track
38**

	[r]				[l]		
❶	worp	[wɔrp]	彎曲	walk	[wɔk]	散步
❷	war	[wɔr]	戰爭	wall	[wɔl]	牆壁
❸	rock	[rɑk]	搖滾樂	lock	[lɑk]	鎖
❹	write	[raɪt]	寫	light	[laɪt]	光線

 玩玩嘴上體操

**He is ready to propose
in the restaurant with a
ring and roses.**

他已經準備好要在餐廳裡用戒
指和玫瑰花求婚。

155

10倍速音標記憶網 — 哪些字母或字母組合唸成 [r]

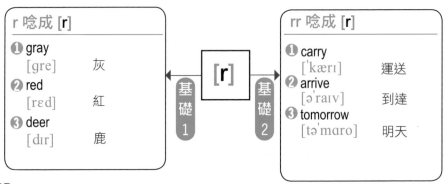

r 唸成 [r]

❶ gray
　[gre]　　灰
❷ red
　[rɛd]　　紅
❸ deer
　[dɪr]　　鹿

[r]　基礎 1　基礎 2

rr 唸成 [r]

❶ carry
　[ˈkærɪ]　　運送
❷ arrive
　[əˈraɪv]　　到達
❸ tomorrow
　[təˈmɑro]　　明天

CD

track
38

1 聽聽看

聽聽看，根據你聽到的句子，選出括號中正確的單字喔！

1 I have an (ear / ill) for music.

2 Let's take a (walk / work).

3 Would you like to (read / lead) the newspaper?

4 I had my (hair / hail) cut yesterday.

5 You are (fired / filled)!

答案1.ear 2.walk 3.read 4.hair 5.fired

2 玩玩看

你想吃什麼？請按照句中的圖把單字填上去，還要填音標喔！

hamburger   coke

French fries   bread

fried chicken   ice cream

clerk : May I help you?

I : Yes. I'd like

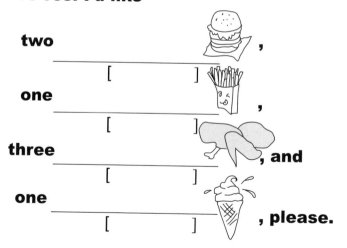

two _____ ,
　　　　[　　　　　]

one _____ ,
　　　　[　　　　　]

three _____ , and
　　　　[　　　　　]

one _____ , please.
　　　　[　　　　　]

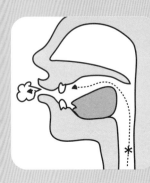

22 [w] 的發音

「巫」好險喔！

巫

 怎麼發音呢

[w]為半母音，跟母音[u]的發音方式很像。首先讓嘴唇發像[u]一樣的圓唇，將舌頭後半部往上延伸接近軟顎，留下通道讓氣流緩緩流過，同時振動聲帶。如果後面接母音，例如 we [wi]，要快速的從[w]的位置滑到[i]的位置。

CD

track
39

 邊聽邊練習單字跟句子的發音喔

＜大聲唸出單字喔＞

❶ we	[wi]	我們
❷ way	[we]	路
❸ wear	[wɛr]	穿
❹ window	['wɪndo]	窗戶
❺ away	[ə'we]	遠離
❻ swim	[swɪm]	游泳

＜大聲唸出句子喔＞

❶ Where were we?
　　　　　我們剛才在哪裡？

❷ The waiter wears a uniform.
　　　　　服務生穿著制服。

❸ The weather is getting worse.
　　　　　天氣變糟了。

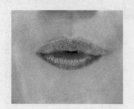

[w]

 比較 [w] 跟 [hw] 的發音

[w]的發音類似中文的「我」，但是，當出現[hw]這樣的音標組合時，
[h] [w]就聯合成了類似中文「壞」的發音囉！

CD

track 39

	[w]			[hw]	
❶ witch	[wɪtʃ]	巫婆	which	[hwɪtʃ]	哪個
❷ want	[wɑnt]	想要	what	[hwɑt]	什麼
❸ wide	[waɪd]	寬的	white	[hwaɪt]	白的
❹ wear	[wɛr]	穿著	where	[hwɛr]	哪裡

 玩玩嘴上體操

Which witch wished which wicked wish?
是哪個女巫許了哪個邪惡的願望？

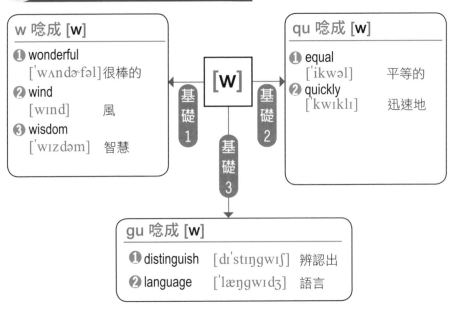

10倍速音標記憶網——哪些字母或字母組合唸成[w]

w 唸成 [w]

❶ wonderful
['wʌndəfəl] 很棒的
❷ wind
[wɪnd] 風
❸ wisdom
['wɪzdəm] 智慧

[w]

基礎1

基礎2

基礎3

qu 唸成 [w]

❶ equal
['ikwəl] 平等的
❷ quickly
['kwɪklɪ] 迅速地

gu 唸成 [w]

❶ distinguish [dɪ'stɪŋgwɪʃ] 辨認出
❷ language ['læŋgwɪdʒ] 語言

---

1 填填看

請在小方格內填入音標（括號中的單字發音），然後唸出聲來。

1 □□□□□ → (wind)
（風）

2 □□□ →(weak)
（柔弱的）

3 □□□□ →(sweet)
（甜蜜的）

4 □□□ →(work)
（工作）

5 □□□ →(was)
（是）

6 □□□□□ →(weird)
（古怪的）

7 □□□ →(wet)
（濕的）

答案1.[wɪnd] 2.[wik] 3.[swit] 4.[wɝk]

5.[wʌs] 6.[wɪrd] 7.[wɛt]

2 玩玩看

夜深人靜，動物園裡的動物開始聊起天來，你能分辨出是哪隻動物的叫聲嗎？看看中文，然後把叫聲跟動物連起來。

meow

bow wow

sss

cock-a-doodle-doo

wee wee

hee haw

（咻～）

（汪嗚～）

（可卡肚兜）

（喵嗚～）

（伊～哈）

（呼伊呼伊）

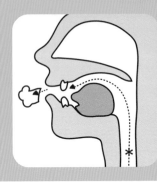

23 [j] 的發音

「耶」今天沒有功課！

耶！

 怎麼發音呢

CD
track
40

[j]常常跟在母音的前面，跟母音[i]的發音位置很像，都是將舌頭前端往上延伸接近硬顎，接著讓氣流緩緩流出，同時振動聲帶。但不同的是，[j]通常很快的從[j]滑到後面母音的位置，算是協助母音的角色，所以又稱為「半母音」。

 邊聽邊練習單字跟句子的發音喔

＜大聲唸出單字喔＞

❶ yes   [jɛs]   是
❷ yet   [jɛt]   目前
❸ year   [jɪr]   年

❹ youth   [juθ]   年輕
❺ yellow   [ˈjɛlo]   黃色
❻ yesterday   [ˈjɛstɚˌde]   昨天

＜大聲唸出句子喔＞

❶ Happy New Year!
新年快樂！

❷ You are young.
你很年輕。

❸ Yes, this flight is to New York.
是的，這班機是往紐約。

[j]

 ## 比較[j]跟[i]的發音

[j]跟[i]的發音位置很像，都是將舌頭前端接近硬顎。但不同的是，[j]通常很快的從[j]滑到後面母音的位置，所以發音很短和後面的母音幾乎連在一起。

CD

track 40

	[j]			[i]	
❶ yes	[jɛs]	是的	east	[ist]	東方
❷ yet	[jɛt]	還沒	eat	[it]	吃

 ## 玩玩嘴上體操

The yellow yacht is not yet in New York.
黃色遊艇還沒到達紐約。

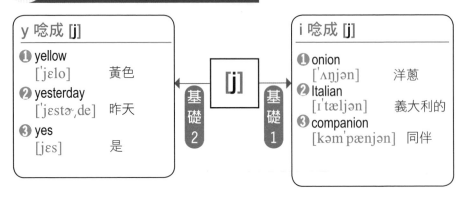

y 唸成 [j]

❶ yellow
　['jɛlo]　黃色
❷ yesterday
　['jɛstɚ,de]　昨天
❸ yes
　[jɛs]　是

[j]

基礎2

基礎1

i 唸成 [j]

❶ onion
　['ʌnjən]　洋蔥
❷ Italian
　[ɪ'tæljən]　義大利的
❸ companion
　[kəm'pænjən]　同伴

CD

**track
40**

1 聽聽看

聽聽看，根據你聽到的句子，選出括號中正確的單字喔！

1 What about this (year / ear)?

2 This is (ours / yours).

3 I like (yellow / jellow) the most.

4 You are still (young / joung).

5 He was the (mayor / major)of New York.

答案1.year 2.yours 3.yellow 4.young 5.mayor

164

2 玩玩看

小紅帽在森林裡迷路了，她向一位巫師問路，巫師卻只告訴她三個
'magic words'。請在下圖找出這三個magic words，但要先拼出這三個字
來，並順著它們走，就可以幫助小紅帽回家囉！

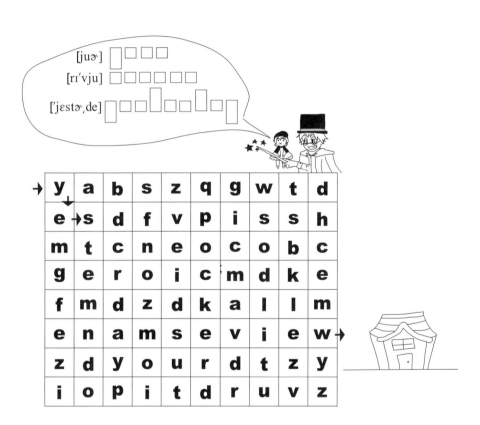

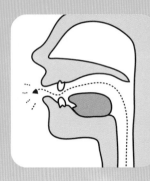

24 [h] 的發音

「哈～」怎麼還
這麼多啊！

 怎麼發音呢

[h]的發音位置雖然跟中文的「ㄏ」很像，卻有些微的不同喔！首先跟「ㄏ」一樣嘴形半開，接著讓氣流流出，在通過喉部時與喉嚨摩擦，這樣所發出的音就是[h]囉！[h]的發音部位比「ㄏ」還要靠近喉部喔！

CD

track
41

 邊聽邊練習單字跟句子的發音喔

＜大聲唸出單字喔＞

❶ he　　　[hi]　　　　他
❷ ham　　[hæm]　　　火腿
❸ hit　　　[hɪt]　　　　打擊
❹ hair　　[hɛr]　　　　頭髮
❺ here　　[hɪr]　　　　這裡
❻ behind　[bɪˈhaɪnd]　後面

＜大聲唸出句子喔＞

❶ He is happy.
　　　　他很快樂。
❷ The host held my hand.
　　　　主人握住我的手。
❸ The hippo hides behind the house.
　　　　河馬躲在房子後面。

[h]

 比較[h]跟[f]的發音

[h]和[f]都是無聲子音，但發音的方法卻有很大的差別。[h]是將嘴巴打開，利用氣流摩擦喉嚨發出氣音，而[f]是用氣流摩擦嘴唇和牙齒而發聲的。

CD

track
41

	[h]				[f]	
❶ hit	[hɪt]	打擊		fit	[fɪt]	合身
❷ hat	[hæt]	帽子		fat	[fæt]	肥胖
❸ hollow	[ˈhɑlo]	空洞		follow	[ˈfɑlo]	跟隨
❹ hear	[hɪr]	聽		fear	[fɪr]	害怕

 玩玩嘴上體操

He heard the host help the long haired girl.
他聽說主人在幫助那位長髮女孩。

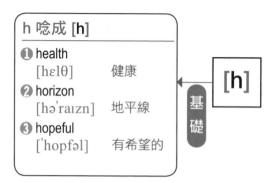

h 唸成 [h]

❶ health
[hɛlθ]　　健康
❷ horizon
[hə'raɪzn]　地平線
❸ hopeful
['hopfəl]　有希望的

[h]

基礎

CD

track
41

1 聽聽看

請聽完CD所唸的單字後，然後填入正確的單字及音標。

1 (here) [hir]
（這裡）

2 (　　) [　　]
（快樂的）

3 (　　) [　　]
（高的）

4 (　　) [　　]
（哈囉）

5 (　　) [　　]
（跳躍）

6 (　　) [　　]
（害怕）

7 (　　) [　　]
（房子）

答案 2.happy[hæpɪ] 3.high[haɪ] 4.hello[hɛlo]
5.hop[hɑp] 6.fear[fɪr] 7.house[haʊs]

2 玩玩看

馬利歐已經告訴你哪個是藏著香菇的〔h〕囉！請根據馬利歐的提示，找出正確的單字。

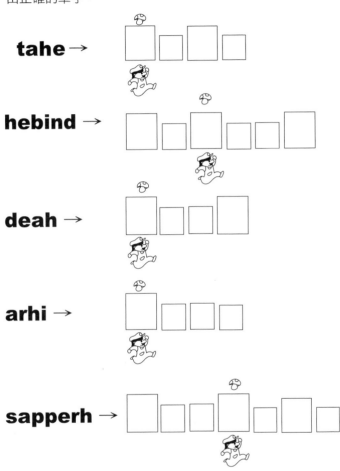

tahe →

hebind →

deah →

arhi →

sapperh →

練習題解答

母音1

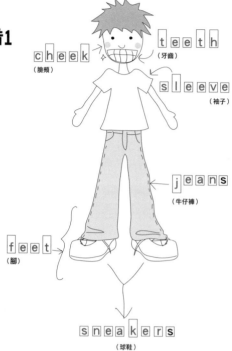

c h e e k
（臉頰）

t e e t h
（牙齒）

s l e e v e
（袖子）

j e a n s
（牛仔褲）

f e e t
（腳）

s n e a k e r s
（球鞋）

母音2

monkey

peacock

chicken

eagle

deer

rabbit

sheep

pig

pig
rabbit
chicken
【I】

母音3

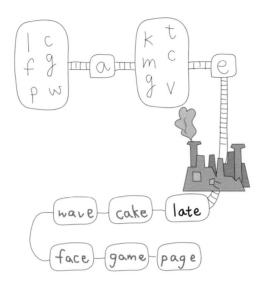

母音4

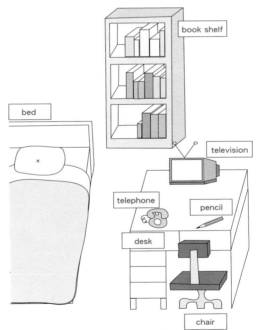

練習題解答

母音5

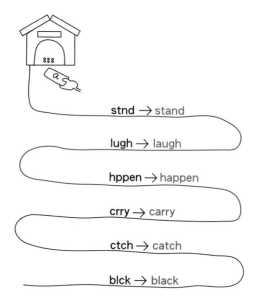

stnd → stand

lugh → laugh

hppen → happen

crry → carry

ctch → catch

blck → black

母音6

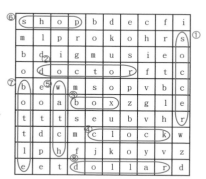

s	h	o	p	b	d	e	c	f	i
m	l	p	r	o	k	o	h	r	s
b	d	i	g	m	u	s	i	e	o
o	d	o	c	t	o	r	f	t	o
b	e	w	m	s	o	p	v	b	c
o	o	a	b	o	x	z	g	l	e
t	t	t	s	e	u	b	v	h	r
t	d	c	m	c	l	o	c	k	w
l	p	h	f	j	k	o	y	v	z
e	e	t	d	o	l	l	a	r	d

① （足球）

② （醫生）

③ （箱子）

④ （鐘）

⑤ （手錶）

⑥ （店家）

⑦ （瓶子）

⑧ （美金）

172

母音7

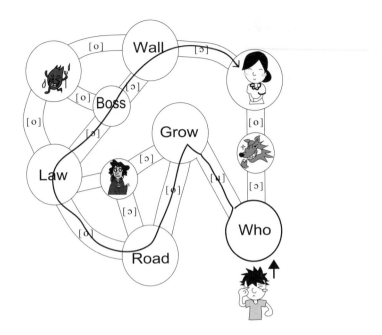

母音8

1. [pɪˈɑno] p i a n o

2. [rod] r o a d

3. [sʌnˈflaʊɚ] s u n f l o w e r

4. [for] f o u r

5. [renbo] r a i n b o w

練習題解答

母音9

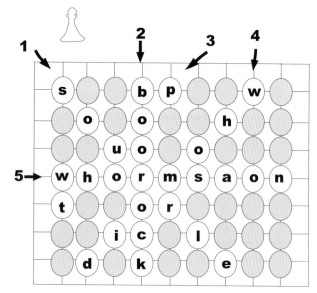

1 例：**sure**
2 book
3 put
4 wood
5 woman

母音10

1. [truθ] t r u t h

2. [θru] t h r o u g h

3. [lus] l o o s e

4. [gus] g o o s e

5. [frut] f r u i t

母音11

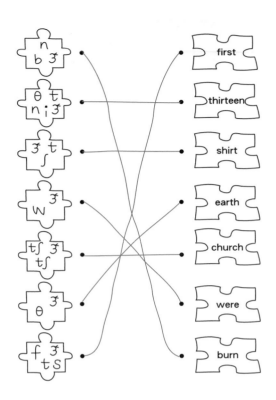

母音12

1.['kʌlɚ]　c o l o r

2.['istɚn]　e a s t e r n

3.['sʌmɚ]　s u m m e r

4.['kʌltʃ]　c u l t u r e

5.['mʌðɚ]　m o t h e r

練習題解答

母音13

1. [ˈdʒɛləs] **j e a l o u s**

2. [məˈstek] **m i s t a k e**

3. [lɛmənˈed] **l e m o n a d e**

4. [pəˈlaɪt] **p o l i t e**

5. [təˈde] **t o d a y**

母音14

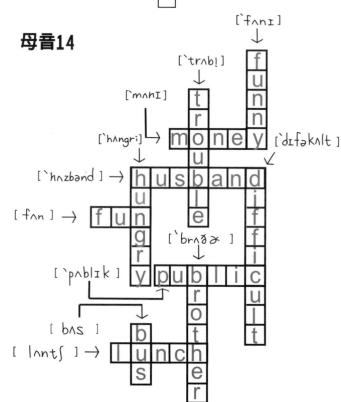

子音1

pehapn → | h | a | p | p | e | n |

elpeop → | p | e | o | p | l | e |

paple → | a | p | p | l | e |

seaple → | p | l | e | a | s | e |

apper → | p | a | p | e | r |

grinps → | s | p | r | i | n | g |

子音2

例

b a i
p e e   <u>b</u> <u>e</u> <u>e</u>

1.
h a b
j o k   <u>j</u> <u>o</u> <u>b</u>

2.
b i y
p u z   <u>b</u> <u>u</u> <u>y</u>

3.
b l a e k
p r e a p   <u>b</u> <u>r</u> <u>e</u> <u>a</u> <u>k</u>

4.
t x b i e
s a p l c   <u>t</u> <u>a</u> <u>b</u> <u>l</u> <u>e</u>

177

練習題解答

子音3

1. [ˈlɪtl]　l i t t l e

2. [lɛft]　l e f t

3. [tek]　t a k e

4. [stɑp]　s t o p

5. [let]　l a t e

子音4

1. [dæd]　d a d

2. [ˈdæmɪdʒ]　d a m a g e

3. [gold]　g o l d

4. [əˈdɪʃənl]　a d d i t i o n a l

5. [ˈsʌdn]　s u d d e n

子音5

key	keep
clock	pocket
comic	talk

comic — clock — keep

pocket — talk — key

子音6

1. goldfish
2. gull
3. tiger
4. eagle

練習題解答

子音7

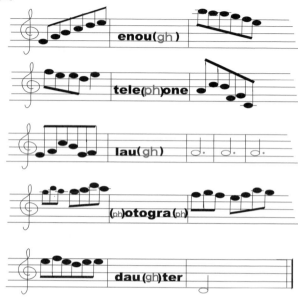

enou(gh)

tele(ph)one

lau(gh)

(ph)otogra(ph)

dau(gh)ter

子音8

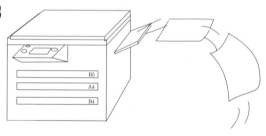

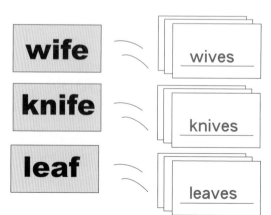

wife	wives
knife	knives
leaf	leaves

子音9

1. stret ɑn ___straight on___
   直走

2. tɚn raɪt ___turn right___
   右轉

3. raɪt ___right___
   右邊

4. tɚn lɛft ___turn left___
   左轉

5. bʌs stɑp ___bus stop___
   公車站

6. ˈtræfɪk laɪt ___traffic light___
   紅綠燈

7. krɔsɪŋ ___crossing___
   十字路

8. lɛft ___left___
   左邊

子音10

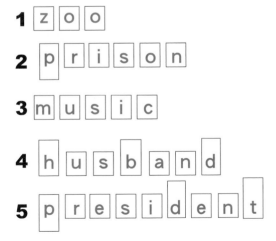

1 z o o

2 p r i s o n

3 m u s i c

4 h u s b a n d

5 p r e s i d e n t

子音11

1. [ˈbɝθˌde]　b i r t h d a y

2. [hɛlθ]　h e a l t h

3. [mʌnθ]　m o n t h

4. [brɛθ]　b r e a t h

5. [ɝθ]　e a r t h

子音12

子音13

例： ~~che~~
○ she

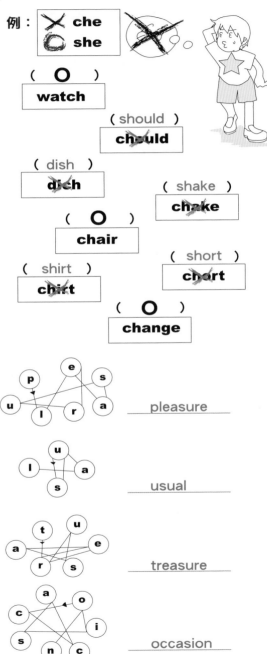

(○)
watch

(should)
~~ch~~ould

(dish)
di~~sh~~

(shake)
~~ch~~ake

(○)
chair

(shirt)
~~ch~~irt

(short)
~~ch~~ort

(○)
change

子音14

p e s
u l r a   _pleasure_

u
l a
s   _usual_

t u
a e
r s   _treasure_

a o
c i
s n c   _occasion_

183

練習題解答

子音15

futureachurcheapicture

future

reach

church

cheap

picture

子音16

184

子音17

1. e i c r m c a e
2. o m t a t o
3. a r m h g b u r e
4. i l m k
5. m l o t e
6. a m h

3.(hamburger)
5.(omlet)
4.(milk)
6.(ham)
2.(tomato)
1.(ice cream)

子音18

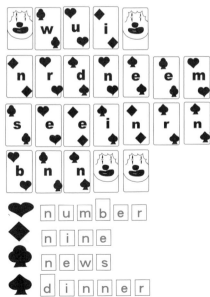

♥ n u m b e r

♦ n i n e

♣ n e w s

♠ d i n n e r

子音19

1.[strɔŋ] s t r o n g

2.[θɪŋk] t h i n k

3.[rɔŋ] w r o n g

4.[drɪŋk] d r i n k

5.[θæŋk] t h a n k

練習題解答

子音20

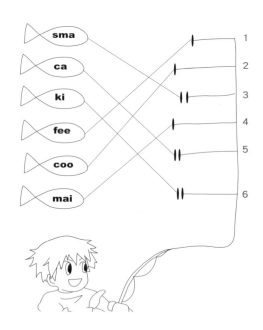

子音21

clerk : May I help you?

I : Yes. I'd like

two	**hamburgers** [ˈhæmbɝɡɚs]	,
one	**French fries** [frɛntʃ fraɪs]	,
three	**fried chicken** [fraɪd ˈtʃɪkɪn]	, and
one	**ice cream** [aɪs krim]	, please.

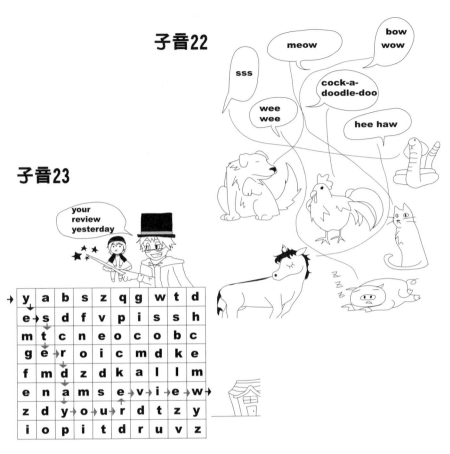

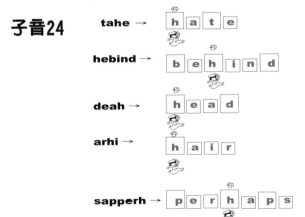

學會音標的KK
第一本書
Kenyon and Knott

開始就把發音練到像母語　　[25K＋CD]

【 英語JUMP 05 】

發 行 人　林德勝
著　　者　里昂
出版發行　山田社文化事業有限公司
　　　　　10685臺北市大安區安和路一段112巷17號7樓
　　　　　電話　02-2755-7622　02-2755-7628
　　　　　傳真　02-2700-1887

郵政劃撥　19867160號　大原文化事業有限公司
總 經 銷　聯合發行股份有限公司
　　　　　23145新北市新店區寶橋路235巷6弄6號2樓
　　　　　電話　02-2917-8022
　　　　　傳真　02-2915-6275

印　　刷　上鎰數位科技印刷有限公司
法律顧問　林長振法律事務所　林長振律師
書＋1CD　定價　新台幣310元
初版一刷　2020年3月